Honderd keer een borstel door je haar halen
voor je gaat slapen

Melissa P.

Honderd keer een borstel door je haar halen voor je gaat slapen

Vertaald door Patricia Kersbergen

Vassallucci Amsterdam 2004

Oorspronkelijke titel: *100 colpi di spazzola prima di andare a dormire*

Oorspronkelijke uitgave: Fazi Editore

© Melissa P. 2003

© Vertaling uit het Italiaans: Patricia Kersbergen 2004

© Nederlandse uitgave: Vassallucci, Amsterdam 2004

Omslagontwerp: René Abbühl, Amsterdam

Foto omslag: © Gabriele Rigon

Foto achterzijde: © Gabriele Rigon

ISBN 90 5000 520 9

NUR 302

www.vassallucci.nl

6 juli 2000
15.25 uur

Ik schrijf vanuit mijn halfdonkere kamer behangen met prenten van Gustave Klimt en posters van Marlène Dietrich. Ze kijkt me aan met haar zwoele, trotse blik terwijl ik op het witte papier krabbel, waarop de zonnestralen weerkaatsen die met veel moeite door de kieren van de luiken zijn gedrongen.

Het is heet, er heerst een verzengende, droge hitte. Ik hoor het geluid van de tv die in de andere kamer aanstaat en het hoge stemmetje van mijn zus, die meezingt op de tune van een animatiefilmpje. Buiten tjirpt een krekel onbezorgd en alles in dit huis is rustig en vredig. Het is net of alles is opgesloten en afgeschermd onder een stolp van fijn glas, en de hitte maakt de bewegingen zwaarder. Maar in mij heerst geen rust. Het is alsof een muisje rondjes rent door mijn ziel, bijna onmerkbaar zodat het zelfs haast teder aanvoelt. Het gaat niet slecht met me en ook niet goed, het verontrustende is dat het gewoon gaat. Maar ik kan mezelf hervinden: ik hoef maar een blik te werpen in de spiegel en mezelf gade te slaan, en een rust en een zoet geluk vervullen me.

In de spiegel bewonder ik mezelf en verkeer in extase door mijn contouren, die zich langzaam aan beginnen af te tekenen – mijn spieren, die een meer uitgesproken, duidelijkere vorm krijgen, mijn borsten, die nu opgemerkt worden onder mijn shirtje en bij elke stap zachtjes op en neer bewegen. Van jongs af aan ben ik door mijn moeder, die ongegeneerd in haar blootje door huis liep, eraan gewend geraakt het vrouwelijk lichaam te zien. De vormen van een volwassen vrouw zijn geen mysterie voor me. Maar als een ondoordringbaar woud verbergen de schaamharen het Geheim en onttrekken die aan het zicht. Voor de spiegel steek ik er heel vaak langzaam een vinger in en voel ik, terwijl ik mezelf aankijk, liefde en bewondering voor mezelf. Het behagen om mezelf te bekijken is zo groot en sterk dat het onmiddellijk een lichamelijk genot wordt, het begint met een kriebelend gevoel en eindigt met een onbekende gloed en rillingen, die even aanhouden. Daarna volgt schaamte. In tegenstelling tot Alessandra fantaseer ik niet wanneer ik mezelf aanraak. Nog niet zo lang geleden heeft ze me toevertrouwd dat ook zij zichzelf aanraakt en dat ze het prettig vindt om intussen te denken dat ze met veel geweld genomen wordt door een man, dat ze zichzelf bijna pijn doet. Ik was verbaasd, want om opgewonden te raken hoef ik alleen maar naar mezelf te kijken. Ze heeft me gevraagd of ik mezelf ook bevredig en ik heb haar gezegd dat dat niet zo was. Ik wil deze gedempte wereld die ik voor mezelf heb gecreëerd absoluut niet kapotmaken, het is mijn wereld, de enige bewoners zijn mijn lichaam en de spiegel, en haar vraag met 'ja' beantwoorden zou verraad betekenen.

Het enige waar ik me echt prettig bij voel, is die beeltenis aanschouwen en beminnen, de rest is schijn. Mijn vriendschappen, die bij toeval zijn ontstaan en zich in middelmatigheid hebben ontwikkeld, zijn onecht en zo weinig intens. De kussen, die ik verlegen heb gegeven aan een paar jongens van mijn school, zijn onecht: meteen nadat mijn lippen de hunne raken en ik hun tong onhandig in mijn mond voel steken, raak ik vervuld van afkeer en zou ik het liefst hard weglopen. Dit huis is niet echt, omdat het zo weinig lijkt op de gemoedstoestand waarin ik nu verkeer. Ik zou willen dat alle schilderijen spontaan van de muren vielen, dat er uit de ramen een ijzige vrieskou binnenkwam, dat in plaats van het getjirp van de krekels het gejank van honden klonk.

Ik wil liefde, dagboek. Ik wil mijn hart voelen smelten en ik wil mijn ijspegels zien afbreken en zien onderdompelen in de rivier van de hartstocht, van de schoonheid.

8 juli 2000
8.30 uur 's avonds

Rumoer op straat. Gelach vult deze verstikkende zomerlucht. Ik zie de ogen van mijn leeftijdgenoten voor me voordat ze hun huizen verlaten: stralend, levendig, snakkend naar een gezellige avond uit. Ze zullen zingend de nacht op het strand doorbrengen, hun stemmen vergezeld van gitaarmuziek. Een enkel stel zal zich terugtrekken op

de achtergrond waar de duisternis alles bedekt en oneindige woorden in elkaars oor fluisteren. Anderen zullen
's morgens zwemmen in de zee, die is opgewarmd door de
ochtendzon, duister, bewaker van onbekend zeeleven. Zij
zullen leven en weten hoe ze hun leven zullen leiden.
Goed, ik adem ook, biologisch gezien is er niets mis met
me... Ik ben alleen bang. Ik ben bang om het huis uit te
gaan en de blikken van onbekenden te ontmoeten. Ik weet
het, ik leef in een eeuwigdurend conflict met mezelf: er
zijn dagen waarop het me helpt om onder de mensen te
zijn en ik een dringende behoefte daaraan voel. Op andere
dagen voel ik me alleen maar op mijn gemak als ik helemaal alleen ben. Dan duw ik lusteloos de kat van mijn bed,
ga ruggelings op bed liggen en denk... Het liefst zet ik een
cd op, bijna altijd klassieke muziek. Dank zij de muziek
voel ik me prettig. Ik heb niets anders nodig.

Maar dat rumoer kwelt me, ik weet dat vanavond iemand meer zal leven dan ik. En ik, ik blijf in deze kamer
luisteren naar het geluid van het leven, en ik zal ernaar
blijven luisteren totdat de slaap me omhelst.

10 juli 2000
10.30 uur

Weet je wat ik denk? Ik denk dat het misschien een heel
slecht idee is geweest om een dagboek bij te houden... Ik
weet hoe ik ben, ik ken mezelf. Over een paar dagen raak
ik de sleutel kwijt, of hou ik het schrijven misschien graag
voor gezien omdat ik mijn gedachten liever voor me houd.

Of misschien (wat niet ondenkbaar is) bladert die indiscrete moeder van me het wel door, en zal ik me dom voelen en ophouden mijn verhaal te doen.

Ik weet niet of ik me beter voel als ik mijn hart lucht, maar het leidt tenminste af.

13 juli
's ochtends

Ben blij! Gisteren ben ik naar een feest gegaan met Alessandra, die er, tenger en lang op haar hakken, zoals altijd mooi uitzag, en net als altijd een beetje lomp was in haar praten en in haar doen. Maar wel hartelijk en lief. In eerste instantie wilde ik niet gaan, een beetje omdat ik me op feesten verveel en een beetje omdat het gisteren zó drukkend warm was dat ik haast niets kon doen. Maar zij smeekte me om met haar mee te gaan, en dus ben ik maar gegaan. We kwamen zingend op de scooter aan in de buitenwijk, bij de heuvels, die door de zomerse hitte zijn veranderd van groen en fris in droog en verdord: Nicolosi had zich voor het feest op het plein verzameld en op het asfalt, dat door de avond lauw was geworden, stonden veel kraampjes met snoepgoed en gedroogde vruchten. Het kleine huis lag aan het eind van een onverlicht straatje. Toen we voor het hek stonden, begon Alessandra druk met haar handen te gebaren alsof ze iemand wilde groeten en riep luid: *Daniele, Daniele!*

Hij kwam langzaam aanlopen en begroette haar. Hij leek erg knap al viel er in het donker niet veel te zien.

Alessandra stelde ons aan elkaar voor en hij schudde slapjes mijn hand. Hij fluisterde heel zacht zijn naam, en ik moest een beetje lachen omdat ik dacht dat hij verlegen was. Op een bepaald moment ving ik in het donker een glinstering op: het waren zijn tanden, die er adembenemend wit en glanzend uitzagen. Ik schudde zijn hand en zei een beetje te hard: 'Melissa', en misschien merkte hij mijn tanden niet op, die niet zo wit zijn als de zijne, maar heeft hij wel mijn ogen zien fonkelen en stralen. Eenmaal binnen viel het me op dat hij er in het licht nog mooier uitzag. Ik stond achter hem en zag zijn schouderspieren bij elke stap bewegen. Ik voelde me heel klein met mijn één meter zestig, en heel lelijk vergeleken bij hem.

Toen we plaatsnamen op de stoelen in de kamer, zat hij tegenover me. Hij dronk langzaam zijn bier en keek me recht aan. Op dat moment schaamde ik me voor de pukkeltjes op mijn voorhoofd en mijn huidskleur, die wit afstak bij de zijne. Zijn rechte, goed geproportioneerde neus leek op die van sommige Griekse beelden en de aderen op zijn handen gaven hem een krachtige uitstraling. Zijn grote, donkerblauwe ogen keken me uit de hoogte en trots aan. Hij stelde veel vragen, maar maakte tegelijkertijd duidelijk dat hij niet in me was geïnteresseerd. Maar in plaats van dat dit me ontmoedigde, schonk het me meer zelfvertrouwen.

Hij houdt niet van dansen, en ik ook niet. Dus bleven we alleen achter terwijl de anderen erop los dansten, dronken en lachten.

Er viel een stilte die ik wilde opvullen.

'Mooi huis, hè?' zei ik, terwijl ik zeker probeerde over te komen.

Hij haalde zijn schouders op en omdat ik niet indiscreet wilde zijn, zweeg ik.

Toen brak het moment aan van de intieme vragen. Terwijl iedereen volop aan het dansen was, schoof hij dichter naar me toe en keek me lachend aan. Ik was verrast en wachtte geboeid op een volgend teken van hem. We waren alleen, in het donker, en nu gunstig dicht bij elkaar. Toen volgde de vraag: 'Ben je nog maagd?'

Ik begon te blozen, voelde een brok in mijn keel en steken in mijn hoofd.

Ik antwoordde verlegen 'ja' en keek ogenblikkelijk een andere kant op om die enorme schaamte niet te hoeven voelen. Hij beet op zijn lip om een lach te onderdrukken en hoestte slechts een beetje, zonder een woord te zeggen. In mij klonken felle en woeste verwijten: 'Nu tel je niet meer voor hem, idioot!' Maar wat had ik anders kunnen zeggen, dit is de waarheid, ik ben maagd. Ik ben nog nooit door iemand anders aangeraakt dan door mezelf, en daar ben ik trots op. Maar tegelijkertijd ben ik ook erg nieuwsgierig. Nieuwsgierig vooral om het naakte mannelijke lichaam te leren kennen, want dat heb ik nog nooit kunnen zien: als er op tv naaktscènes worden uitgezonden, grijpt mijn vader direct naar de afstandsbediening en zet een ander net op. En toen ik deze zomer de hele nacht met een jongen uit Florence doorbracht die hier op vakantie was, durfde ik niet mijn hand op dezelfde plek te leggen als waar hij de zijne had gelegd.

Verder voel ik de behoefte om een genot te ervaren dat niet van mij is, om zijn huid tegen de mijne te voelen. En ten slotte om het voorrecht te hebben van alle meisjes van mijn leeftijd die ik ken, de eerste te zijn die aan sex doet. Waarom had hij me die vraag gesteld? Ik heb nooit gedacht aan hoe mijn eerste keer zal zijn en waarschijnlijk zal ik hier nooit bij stilstaan, ik wil alleen het moment beleven en, als dat kan, hieraan een mooie herinnering bewaren, die me zal bijblijven op de ongelukkigste momenten in mijn leven. Ik denk dat het met hem zou kunnen zijn, met Daniele, ik voel dat aan door een paar dingen.

Gisteravond hebben we onze telefoonnummers uitgewisseld en vannacht heeft hij me, terwijl ik sliep, een berichtje gestuurd dat ik vanochtend heb gelezen:

Ik heb een leuke avond met je gehad, je bent erg knap en ik wil je weer zien. Kom morgen naar mijn huis, dan kunnen we een duik nemen in ons zwembad.

19.10 uur

Ik ben verbijsterd en in de war. De kennismaking met datgene wat ik tot een paar uur daarvoor nog niet kende, was nogal bruusk, al was het ook weer niet helemaal onaangenaam.

Zijn buitenhuis is heel mooi, het wordt omgeven door een heldergroene tuin en grote hoeveelheden bontgekleurde, frisse bloemen. In het azuurblauwe zwembad schitterde de weerkaatsing van de zon en het water nodigde uit om een duik te nemen. Maar juist vandaag kon ik dat niet, omdat ik ongesteld was. Onder de treurwilg keek ik toe hoe de anderen een duik namen en plezier maakten, terwijl ik aan een bamboetafeltje zat met een glas ijsthee in mijn

hand. Hij keek me af en toe lachend aan en ik beantwoordde blij zijn lach. Daarna zag ik hem het trappetje op klim-
men en op me af komen lopen. Straaltjes water sijpelden
langzaam langs zijn glimmende borst en hij fatsoeneerde
met één hand zijn natte haar waardoor druppeltjes alle
kanten op spatten.

'Jammer dat jij je niet vermaakt,' zei hij met een licht
ironische blik in zijn ogen.

'Geeft niet,' antwoordde ik hem, 'ik zit lekker in de zon.'

Zonder iets te zeggen pakte hij mijn hand en zette met
zijn andere hand het theeglas op het tafeltje.

'Waar gaan we heen?' vroeg ik hem lachend, maar ook
een beetje angstig.

Hij antwoordde niet en leidde me naar een deur boven
aan een trap met een tiental treden, schoof de deurmat
opzij en pakte de sleutels. Hij stak er een in het slot en
keek me intussen met fonkelende ogen en een sluwe blik
aan.

'Waar breng je me naar toe?' vroeg ik met dezelfde goed
verborgen gehouden angst van daarvoor.

Weer volgde er geen antwoord, alleen een snuivend
lachje. Hij opende de deur, stapte naar voren terwijl hij mij
achter zich aan naar binnen trok en sloot de deur. In de
kamer, die maar een heel klein beetje verlicht werd door
de zonnestralen tussen de kieren van de rolluiken en waar
het ontzettend heet was, duwde hij me tegen de deur aan
en zoende me vol overgave en liet me zijn lippen proeven,
die naar aardbeien smaakten en net zo rood waren. Hij
steunde met zijn handen tegen de deur en de spieren in
zijn armen waren gespannen. Ik kon ze goed voelen onder

mijn handen, die ze streelden en er net zo snel over heen en weer bewogen als zich kleine duiveltjes door mijn lichaam bewogen. Vervolgens pakte hij mijn gezicht in zijn handen, liet mijn lippen los en vroeg zacht: 'Heb je zin om het te doen?'

Op mijn lippen bijtend, antwoordde ik ontkennend omdat ik plotseling bevangen werd door angst, een abstracte angst, zonder gezicht. Hij drukte harder op mijn wangen en met een kracht die hij misschien, tevergeefs, wilde omzetten in tederheid, duwde hij me naar beneden en toonde me bruusk het Onbekende. Ik zag het vlak voor me, het rook naar man en iedere ader die erover liep straalde zo veel macht uit dat ik niet anders kon dan daar rekening mee houden. Het werd aanmatigend tussen mijn lippen gestoken en waste de aardbeiensmaak weg waarmee ze nog doordrongen waren.

Het volgende ogenblik diende zich totaal onverwacht een tweede verrassing aan en voelde ik een golf dikke, warme, zure vloeistof in mijn mond stromen. Een plotselinge schok door deze ontdekking veroorzaakte bij hem een lichte pijn. Hij greep mijn hoofd met beide handen vast en duwde me nog krachtiger naar zich toe. Ik hoorde zijn zware ademhaling en heel even dacht ik zijn warme adem te voelen. Ik slikte de vloeistof door, want ik wist niet wat ik anders moest doen. Mijn slokdarm maakte een zacht klikkend geluid, waarvoor ik me schaamde. Terwijl ik nog op mijn knieën zat, zag ik zijn handen naar beneden gaan en denkend dat hij mijn gezicht wilde optillen, glimlachte ik, maar in plaats daarvan trok hij zijn zwemboek omhoog en hoorde ik het geluid van het elastiek tegen zijn bezwete huid aan slaan. Ik stond toen zelf op en keek hem aan, zoekend naar een woord dat me kon geruststellen en gelukkig maken.

'Wil je wat drinken?' vroeg hij.

Ik proefde nog de zure smaak van de vloeistof in mijn mond en antwoordde: 'Ja, een glas water.' Hij liep weg en kwam een seconde later terug met een glas in zijn hand, terwijl ik nog tegen de deur geleund stond en nieuwsgierig om me heen de kamer rondkeek nadat hij het licht had aangedaan. Ik zag zijden gordijnen en beelden, en diverse boeken en tijdschriften boven elegante banken. Een enorm aquarium wierp een glinsterend licht op de muren. Ik hoorde geluiden uit de keuken komen en binnen in mij heerste geen ontsteltenis of schaamte, maar een vreemd gevoel van tevredenheid. Later pas bekropen me gevoelens van schaamte, en terwijl ik met een nonchalant gebaar het glas aan mijn mond zette, vroeg ik hem: 'Maar gaat het nu echt zo?'

'Absoluut!' antwoordde hij met een spottend glimlachje dat zijn mooie tanden toonde. Ik lachte naar hem en omhelsde hem, en terwijl ik aan zijn nek rook, voelde ik zijn handen achter me de deurknop pakken en de deur openen.

'Tot morgen,' zei hij, en na een kus, die teder op me overkwam, ben ik de trap afgelopen naar de anderen toe.

Alessandra keek me lachend aan en ik toverde een flauwe glimlach op mijn gezicht, die snel verdween zodra ik mijn hoofd liet zakken: de tranen stonden in mijn ogen.

29 juli 2000

Ik ga twee weken met Daniele om en ik ben nu al erg aan hem gehecht. Hij is alleen wel een beetje bot. Nooit klinkt uit zijn mond een compliment of een lief woord, maar één en al onverschilligheid, beledigingen en provocerende lachjes. Maar dat maakt juist dat ik des te volhardender word. Ik ben er zeker van dat ik door de hartstocht die ik in me voel, hem helemaal tot de mijne zal maken. Op de warme, monotone middagen van deze zomer denk ik vaak aan hoe hij smaakt, aan de frisheid van zijn aardbeienmond, aan zijn stevige spieren, geestdriftig als grote levende vissen. En bijna altijd bevredig me ik daarbij, en beleef geweldige, intense, fantasierijke orgasmen. Ik voel een enorme hartstocht in me, ik voel die tegen mijn huid bonzen omdat hij eruit wil om in al zijn hevigheid los te barsten. Ik heb ontzettend veel zin om te vrijen, ik zou het ook graag meteen willen doen, en ik zou dagen achtereen doorgaan, totdat de hartstocht helemaal naar buiten is gekomen, eindelijk bevrijd. Ik weet bij voorbaat al dat ik er geen genoeg van zal krijgen, dat ik alles wat ik heb laten wegstromen kort daarna opnieuw zal absorberen om het vervolgens weer te laten wegvloeien, steeds in eenzelfde cyclus, met dezelfde emoties.

Hij heeft tegen me gezegd dat ik niet in staat ben het te doen, dat ik weinig hartstochtelijk ben. Hij vertelde dat met dat gebruikelijke sluwe glimlachje van hem en ik ben huilend weggegaan, vernederd. We lagen in de hangmat in zijn tuin, hij met zijn hoofd in mijn schoot. Ik streelde langzaam zijn haren en bekeek de neergeslagen wimpers van een achttienjarige. Ik streek met een vinger over zijn lippen en bevochtigde mijn vingertop iets, waardoor hij wakker werd en me met een doordringende, vragende blik aankeek.

'Ik wil met je naar bed, Daniele,' zei ik in één adem, met gloeiende wangen.

Hij begon zo hard te lachen dat hij er bijna in bleef.

'Hou toch op, kind! Waar heb je het over? Je kan me nog niet eens pijpen!'

Ik keek hem verbijsterd aan, vernederd, ik had wel door de grond van de zo goed onderhouden tuin willen zakken en daar willen wegkwijnen terwijl zijn voeten me tot in de eeuwigheid zouden blijven platstampen. Ik ben weggerend en heb hem woedend uitgemaakt voor 'lul'. Ik heb het hek achter me dichtgesmeten, mijn scooter gestart en ben weggescheurd met een gebroken ziel en een gekrenkte trots.

Is het zo moeilijk iemand van je te laten houden? Ik dacht dat ik zijn goedje moest drinken om zijn genegenheid te winnen, dat ik me helemaal aan hem moest geven, en net nu ik op het punt stond om dat te doen, nu ik graag wil, lacht hij me uit en jaagt me zo weg! Wat moet ik doen? Ik kan hem onmogelijk mijn liefde verklaren. Maar ik kan

wel bewijzen dat ik in staat ben te doen wat hij niet ver-
wacht. Ik ben koppig. Het zal me lukken.

3 december 2000
22.50 uur

Vandaag is het mijn verjaardag, mijn vijftiende. Het is
koud buiten en vanochtend heeft het hard geregend. Er
kwamen een paar familieleden langs, die ik niet zo vriendelijk heb ontvangen, en mijn ouders, die door mij in verlegenheid werden gebracht, gaven me op mijn kop nadat de
gasten weer waren vertrokken.

Het probleem is dat mijn ouders alleen zien wat ze
graag willen zien. Als ik in een vrolijke bui ben delen ze in
die vreugde en zijn ze toegenegen en begrijpend. Als ik
somber ben staan ze aan de zijlijn en mijden ze me als de
pest. Mijn moeder zegt dat ik een levende dode ben, dat ik
naar grafmuziek luister en dat mijn enige plezier erin bestaat om me in mijn kamer op te sluiten en boeken te lezen
(dat zegt ze niet, maar ik maak dat op uit haar blik...). Mijn
vader weet helemaal niet hoe ik mijn dagen doorbreng en
ik heb absoluut geen zin om hem dat te vertellen.

Ik hunker naar liefde, ik heb behoefte aan een aai over
mijn bol, ik verlang naar een oprecht belangstellende blik.

Ook op school was het een hel: ik ben er twee keer op
betrapt dat ik mijn huiswerk niet had gemaakt (ik heb
geen zin om te leren) en ik had een proefwerk Latijn. Daniele maalt van 's ochtends tot 's avonds door mijn hoofd
en ik droom zelfs van hem. Ik kan niemand vertellen wat

ik voor hem voel, ik weet zeker dat ze het niet zouden begrijpen.

Tijdens het proefwerk was de zaal stil en donker, omdat het licht was gesprongen. Ik heb Hannibal de Alpen laten oversteken en hem op het Capitool laten opwachten door vastberaden ganzen. Ik staarde door het raam naar buiten en zag in de beslagen ruiten mijn doffe, wazige beeltenis: zonder liefde is een man niets, absoluut niets... (en ben ik geen vrouw).

25 januari 2001

Vandaag is hij zeventien geworden. Toen ik nog maar net wakker was, heb ik mijn mobieltje gepakt en echoden de bliepjes van de toetsen door mijn kamer. Ik heb een berichtje met mijn gelukwensen gestuurd, waarvoor hij me zeker niet zal bedanken. Misschien zal hij er bij het lezen hard om lachen. En komt hij echt niet meer bij als hij de laatste zin leest die ik hem heb geschreven: 'Ik hou van je, en dat is het enige wat telt.'

4 maart 2001
7.30 uur

Het is lang geleden dat ik voor het laatst heb geschreven en er is bijna niets veranderd. Ik heb me door deze maanden heen gesleept en op mijn schouders de last gedragen van het niet tegen de wereld opgewassen zijn. Ik zie om mij heen slechts middelmatigheid en het idee alleen al om naar buiten te gaan maakt me ziek. Waar zou ik heen moeten gaan? Met wie?

In de tussentijd zijn mijn gevoelens voor Daniele sterker geworden en ik voel een razend verlangen hem voor mezelf te hebben.

We hebben elkaar niet meer gezien sinds ik die ochtend huilend bij hem ben weggegaan. Gisteravond pas werd de sleur die me de hele tijd vergezelt doorbroken door een telefoontje van hem. Ik hoop zo dat er niets is veranderd, dat alles in hem hetzelfde is gebleven als die ochtend waarop hij me kennis liet maken met het Onbekende.

Bij het horen van zijn stem werd ik uit een lange, diepe slaap gewekt. Hij vroeg me hoe het met me ging, wat ik had gedaan in de afgelopen maanden. Toen vroeg mij me lachend of mijn tieten waren gegroeid en ik antwoordde 'ja', ook al is dat helemaal niet waar. Nadat ik een beleefdheidsgesprekje had gevoerd, heb ik hem hetzelfde verteld als die ochtend, namelijk dat ik zin had met hem naar bed te gaan. Ik heb de afgelopen maanden een hartverscheurend verlangen gevoeld. Ik heb mezelf tot in het oneindige bevredigd en ontelbare orgasmen gehad. Zelfs tijdens de lesuren maakte dat verlangen zich van me meester. Als ik zeker wist dat niemand keek, ging ik met mijn Geheim boven op het uitstekende ijzeren onderstel van de schoolbank zitten en oefende een lichte druk uit.

Vreemd genoeg lachte hij me gisteren niet uit maar zweeg hij toen ik hem mijn verlangen opbiechtte. Hij vertelde dat daar niets mis mee was, dat het natuurlijk was dat ik dergelijke verlangens koesterde.

'Sterker nog, nu ik je een tijdje ken, kan ik je helpen je dromen te verwezenlijken.'

Ik slaakte een zucht en schudde mijn hoofd: 'In acht maanden kan een meisje veranderen en bepaalde dingen gaan begrijpen die ze daarvoor niet begreep. 'Daniele, geef gewoon maar toe dat er geen andere meisjes voor je klaar staan, en dat je plotseling' – *eindelijk*, dacht ik – 'aan mij dacht,' barstte ik uit.

'Ben jij gek! Ik hang op, het heeft geen zin om met iemand zoals jij te praten.'

Bang dat ik opnieuw de kous op mijn kop zou krijgen, veranderde ik van toon en riep smekend: 'Nee.' En vervolgens: 'Oké. Sorry.'

'Je bent verstandig geworden... Ik wil je een voorstel doen,' zei hij.

Nieuwsgierig naar wat hij me wilde vertellen, spoorde ik hem op een kinderlijke manier aan om het te zeggen. Hij vertelde dat hij het met me zou doen op voorwaarde dat we verder niets met elkaar zouden krijgen, dat we alleen een sexuele relatie zouden hebben en we elkaar alleen zouden zien als we zin hadden om het te doen. Ik dacht dat op de lange termijn ook een sexuele relatie kan veranderen in een liefdesrelatie, en dat, ook al is er aanvankelijk geen sprake van genegenheid, die na verloop van tijd vanzelf zal ontstaan. Ik ben gezwicht voor zijn voorstel om aan mijn eigen grillen tegemoet te komen: ik zal tijdelijk zijn kleine minnares zijn. Wanneer hij op me is uitgekeken, zal hij me zonder aarzelen dumpen. Zo bezien lijkt mijn eerste keer wel een overeenkomst waaraan alleen het schriftelijke document ontbreekt, een overeenkomst tussen een te sluw wezen en een te nieuwsgierig en te gewillig wezen, dat met gebogen hoofd en met een hart dat op springen staat het op een akkoordje gooit.

Ik hoop maar op een goede afloop, want ik wil de herinnering eraan voor altijd bij me dragen en ik wil dat die mooi, glanzend, poëtisch is.

15.18 uur

Mijn lichaam voelt kapot en zwaar aan, ongelooflijk zwaar. Het is alsof iets heel groots op me is gevallen en me heeft gepleт. Ik doel niet op lichamelijke pijn, maar op een andere pijn, in mij. Ik heb geen lichamelijke pijn gevoeld terwijl ik boven lag...

Vanochtend heb ik mijn scooter uit de garage gehaald en ben ik naar zijn huis in het centrum gereden. Het was nog vroeg, de halve stad sliep nog en de straten waren bijna helemaal verlaten. Zo nu en dan toeterde een vrachtwagenchauffeur luidruchtig en riep een compliment naar me, en ik moest een beetje lachen omdat ik dacht dat de anderen mijn opgetogenheid konden merken, die me mooier en stralender maakt.

Eenmaal bij het huis aangekomen, wierp ik een blik op mijn horloge en kwam ik erachter dat ik, zoals altijd, veel te vroeg was. Dus ben ik op mijn scooter gaan zitten en pakte ik mijn boek Grieks uit mijn schooltas om de stof door te nemen die ik voor de les van vanochtend moest kennen (als mijn leraren wisten dat ik van school spijbelde om met een jongen naar bed te gaan...) Ik was erg zenuwachtig en bladerde steeds vooruit en terug door het boek, zonder ook maar één woord in me op te nemen. Ik voelde mijn hart snel kloppen en het bloed onder mijn huid razendsnel door mijn aderen stromen. Ik legde het boek weg en bekeek mezelf in de spiegel van mijn scooter. Ik dacht dat hij vast weg zou zijn van mijn roze druppelvormige bril en vol bewondering naar de zwarte poncho over mijn schouders zou kijken. Ik beet op mijn lippen en glimlachte. Ik voelde me trots op mezelf. Het was inmiddels vijf voor negen, het zou vast geen drama zijn als ik iets te vroeg aanbelde.

Onmiddellijk nadat ik op de bel had gedrukt, zag ik hem met naakt bovenlijf achter het raam verschijnen. Hij had het rolluik opgetrokken en zei met een harde, ironische blik en op dito toon: 'Je bent vijf minuten te vroeg, wacht nog maar even, ik zal je om precies negen uur roepen.' Ik begon op dat moment dom te grijnzen, maar nu ik eraan terugdenk, geloof ik dat hij me zo duidelijk wilde maken wie de baas was en wie moest gehoorzamen.

Even later stapte hij naar buiten het balkon op en zei: 'Je mag binnenkomen.'

Op de trap rook ik de stank van kattenpis en verlepte bloemen. Ik hoorde een deur opengaan en snelde de trap met twee treden tegelijkertijd op – ik wilde geen tijd verliezen. Hij had de deur opengelaten en ik stapte naar binnen, zachtjes zijn naam roepend. Ik hoorde geluiden uit de keuken komen en liep in die richting. Hij kwam me tegemoet lopen en drukte een vlugge, maar prettige kus op mijn mond, die me eraan deed herinneren dat hij naar aardbeien smaakte.

'Ga daarheen, ik kom zo,' zei hij terwijl hij naar de eerste kamer rechts wees.

Ik liep zijn kamer binnen, waar het een grote bende was. Het was duidelijk dat de ochtend er nog maar net was begonnen, net als voor hem zelf. Aan de muren hingen kentekens van Amerikaanse auto's, posters van Japanse stripfiguren en verscheidene foto's die hij tijdens zijn vakanties had gemaakt. Op het nachtkastje stond een babyfoto, waar ik zachtjes mijn vinger over liet glijden. Vanachter me griste hij het lijstje weg, draaide het om met de foto naar beneden en zei dat ik er niet naar mocht kijken.

Hij pakte me bij mijn schouders en draaide me met een ruk om. Hij nam me van top tot teen op en riep uit: 'Wat heb jij in godsnaam aangetrokken?'

'Flikker op, Daniele,' antwoordde ik, opnieuw gekwetst.

De telefoon ging en hij liep de kamer uit om op te nemen. Ik hoorde niet goed wat hij zei, alleen gedempte woorden en een onderdrukt gelach. Op een gegeven moment verstond ik: 'Wacht even. Ik ga kijken en vertel het je zo.'

Hij stak zijn hoofd om de deur en keek me aan. Vervolgens liep hij terug naar de telefoon en zei: 'Ze staat dicht bij het bed met haar handen in haar zak. Nu ga ik haar neuken en na afloop zal ik het je zeggen. Ciao.'

Hij keerde terug met een lach op zijn gezicht en ik beantwoordde die met een nerveus lachje. Zonder iets te zeggen liet hij het rolluik zakken en deed de deur van zijn kamer op slot. Hij keek me even aan en liet zijn broek zakken, zodat hij alleen zijn onderbroek nog aan had.

'Nou? Wat sta je daar nog met je kleren aan? Kleed je uit,' zei hij met een grimas op zijn gezicht.

Hij lachte terwijl ik me uitkleedde en toen ik helemaal naakt voor hem stond, zei hij met een knikje: 'Niet verkeerd. Ik heb een deal gesloten met een mooi grietje.' Ik lachte deze keer niet. Ik was zenuwachtig en keek naar mijn melkwitte armen die oplichtten in de zonnestralen door de kieren van het rolluik. Hij begon mijn hals te kussen en zijn mond gleed daarvandaan langzaam naar beneden, naar mijn borsten en vervolgens naar mijn Geheim, naar de plek waar de Lethe al was begonnen te stromen.

'Waarom scheer je je niet?' fluisterde hij.

'Ik vind dit mooier,' antwoordde ik hem net zo zachtjes.

Toen ik mijn hoofd naar voren boog, merkte ik dat hij opgewonden was en ik vroeg hem te beginnen.

'Hoe wil je het doen?' vroeg hij zonder te aarzelen.

'Ik weet het niet, zeg jij het maar. Ik heb het nog nooit gedaan,' antwoordde ik hem een beetje beschaamd.

Ik ging op zijn onopgemaakte bed op de koude lakens liggen. Daniele kwam boven op me liggen, keek me recht in de ogen aan en zei: 'Ga jij boven.'

'Doet het niet pijn als ik boven ga?' vroeg ik hem bijna verwijtend.

'Maakt niet uit!' riep hij uit zonder me aan te kijken.

Ik klauterde boven op hem en liet zijn lid in mijn lichaam steken. Ik voelde een kleine pijnscheut, maar niet erg. Ik voelde niet de overweldiging waarvan ik me van tevoren had voorgesteld dat ik die zou voelen als hij in me was. Zijn geslachtsdeel in mij veroorzaakte alleen een branderig, naar gevoel, maar het was mijn plicht om zo aan hem vast te blijven zitten.

Geen zucht klonk van mijn lippen, die ik in een glimlach geplooid hield.

Hem laten merken dat ik pijn had zou betekenen dat ik gevoelens moest uiten die hij niet wilde kennen. *Hij wil mijn lichaam gebruiken, hij wil niet het licht in mij leren kennen.*

'Kom op, kleintje, ik zal je geen pijn doen,' zei hij.

'Nee, wacht, ik ben niet bang, maar zou jij niet boven kunnen gaan liggen?' vroeg ik met een zwak lachje. Zuchtend ging hij akkoord en wierp zich vervolgens op me.

'Voel je iets?' vroeg hij terwijl hij zich langzaam begon te bewegen.

'Nee,' antwoordde ik, denkend dat hij bedoelde of ik pijn had.

'Hoe bedoel je? Zou dat door het condoom komen?'

'Ik weet het niet,' zei ik weer, 'ik voel geen pijn.'

Toen keek hij me met afschuw aan en zei: 'Verdomme, je bent geen maagd meer!'

Ik antwoordde niet direct, maar keek hem compleet overdonderd aan: 'Hoezo, geen maagd? Wat bedoel je?'

'Met wie heb je het gedaan?' vroeg hij terwijl hij snel van het bed opstond en zijn kleren pakte die over de hele vloer verspreid lagen.

'Met niemand, ik zweer het!' zei ik hard.

'Voor vandaag is het genoeg geweest.'

De rest van het verhaal hoef ik niet te vertellen. Ik ben weggegaan zonder ook maar de moed op te kunnen brengen om te huilen of te schreeuwen. Ik voelde alleen een oneindige triestheid, die mijn hart bedrukt en het heel langzaam smoort.

6 maart 2001

Vandaag keek mijn moeder me met een onderzoekende blik aan en vroeg me op een indringende manier waarover ik de afgelopen dagen zo liep te piekeren.

'School,' antwoordde ik met een zucht. 'We worden helemaal volgestouwd met huiswerk.'

Mijn vader ging verder met zijn spaghetti rond zijn vork te draaien, onderwijl zijn hoofd oprichtend om beter de laatste verwikkelingen in de Italiaanse politiek op tv te kunnen volgen. Ik veegde mijn mond af aan mijn servet en morste saus. Ik ben snel opgestaan en de keuken uitgelopen terwijl mijn moeder bleef preken dat ik voor niets en niemand respect had en dat zij op mijn leeftijd antwoord gaf en de servetten schoonmaakte in plaats van ze te besmeuren.

'Jaha,' brulde ik vanuit de andere kamer. Ik tilde de dekens van mijn bed op en ben eronder gaan liggen. Dikke tranen doorweekten het kussen.

De geur van wasverzachter vermengde zich met de vreemde geur van snot dat uit mijn neus druppelde. Ik veegde mijn neus met de palm van mijn hand af en droogde ook mijn tranen. Ik keek naar het portret aan de muur dat een Braziliaanse schilder een tijdje geleden in Taormina van me had gemaakt. Hij had me aangesproken terwijl ik voorbijliep en gezegd: 'Je hebt zo'n mooi gezicht, mag ik je tekenen? Ik vraag er echt niets voor.'

Terwijl zijn potlood lijnen op het papier trok, lachten zijn glanzende ogen in plaats van zijn lippen, die gesloten bleven.

'Waarom vindt u mijn gezicht mooi?' vroeg ik hem terwijl ik voor hem poseerde.

'Omdat het schoonheid, smetteloosheid, onschuld en spiritualiteit uitstraalt,' antwoordde hij met brede armgebaren.

Onder de dekens dacht ik opnieuw aan de woorden van de schilder en vervolgens aan de vorige ochtend, waarop ik had verloren wat de Braziliaanse schilder zo bijzonder aan mij had gevonden. Ik ben het kwijtgeraakt tussen te koude lakens en in de handen van iemand die zijn eigen hart had verslonden, zodat het nu niet meer klopt. Dood. Ik heb een hart, ook al valt hem dat niet op, en zal het misschien niemand opvallen. Maar voordat ik mijn hart open, zal ik mijn lichaam aan een willekeurige man geven om twee redenen: zodat hij, als hij van me geniet, misschien de woede en bitterheid zal smaken, iets van tederheid zal voelen, verliefd zal worden op mijn hartstocht en uiteindelijk niet meer zonder zal kunnen. Alleen dan zal ik me helemaal geven, zonder enige aarzeling, zonder voorbehoud, opdat niets verloren zal gaan van datgene waarnaar ik altijd zo vurig heb verlangd. Ik zal het in mijn armen nemen, ik zal het laten bloeien als een zeldzame, tere bloem en er steeds op bedacht zijn dat het niet door een zuchtje wind plotseling zal vergaan... Dat zweer ik.

9 april 2001

Betere tijden zijn aangebroken, de lente is dit jaar in volle hevigheid losgebarsten. Op een morgen word ik wakker en merk dat de bloemen ontloken zijn en de lucht warmer is. De zee vangt de weerkaatsing van de hemel op en kleurt helderblauw. Net als elke ochtend pak ik mijn scooter om naar school te gaan. Het is nog snerpend koud, maar de zon aan de hemel belooft dat de temperatuur later zal stijgen. Uit de zee doemen de Klippen op die Polyphemos naar Niemand wierp nadat deze hem het zicht had ontnomen. Ze steken in de bodem van de zee en staan daar al sinds mensenheugenis. Oorlogen noch aardbevingen of zelfs de gewelddadige lavastromen van de Etna hebben ze ooit kunnen vernietigen. Ze rijzen majestueus boven het water uit en in mijn geest denk ik aan wat er allemaal aan middelmatigheid, aan onbeduidendheid in de wereld bestaat. Wij praten, bewegen, eten, verrichten alle handelingen die een mens moet verrichten, maar in tegenstelling tot de Klippen, blijven wij niet altijd dezelfde op dezelfde plaats. Wij degenereren, wij worden vermoord tijdens oorlogen, verzwakt door aardbevingen, verzwolgen door lava en verraden in de liefde. Wij zijn niet onsterfelijk, maar misschien is dat alleen maar een zegen.

Gisteren bleef het gesteente van Polyphemos ons aanschouwen terwijl Daniele zich wild op mijn lichaam op en neer bewoog, zonder acht te slaan op mijn rillingen van de kou en mijn ogen die in een andere richting keken, naar de weerkaatsing van de maan in het water. We deden alles zwijgend, zoals altijd, op dezelfde manier, iedere keer weer. Zijn gezicht bevond zich ter hoogte van mijn schouders en ik voelde zijn adem in mijn hals, die niet warm maar koud was. Zijn speeksel bevochtigde elke centimeter van mijn lichaam, alsof een trage, luie slak zijn glibberige spoor had achtergelaten. Zijn huid herinnerde niet meer aan de zongebrande, bezwete huid die ik op die zomerochtend had gekust. Zijn lippen smaakten niet meer naar aardbeien, ze smaakten naar niets. Op het moment dat hij me heimelijk zijn goedje aanbood, bracht hij zijn gebruikelijke gekreun van genot ten gehore, zoals altijd meer een soort gegrom. Hij maakte zich los van mijn lichaam en ging zuchtend op de handdoek naast mij liggen alsof hij was bevrijd van een zware last. Terwijl hij met zijn lichaam op zijn zij leunde, bestudeerde ik bewonderend de welvingen van zijn rug. Ik bracht langzaam mijn hand dichterbij, maar trok die pijlsnel weer terug uit angst voor zijn reactie. Ik bleef lange tijd naar hem en de Klippen kijken, één oog op hem, de ander op hen gericht. Toen ik mijn blik verplaatste, werd ik me bewust van de maan die tussen hen in stond. Ik bekeek die vol bewondering, met toegeknepen ogen om de ronde vorm en de ondefinieerbare kleur beter te kunnen zien.

Plotseling draaide ik me om, alsof ik ineens iets begon te begrijpen, een mysterie dat zich tot dat moment niet had laten ontrafelen.

'Ik hou niet van je,' fluisterde ik langzaam, alsof ik het in mezelf zei.

Ik nam niet eens de tijd om erover na te denken.

Hij draaide zich langzaam om, opende zijn ogen en vroeg: 'Wat zei je daar?'

Ik keek hem heel even strak en onbeweeglijk aan en zei hardop: 'Ik hou niet van je.'

Hij fronste het voorhoofd en zijn wenkbrauwen trokken samen. Toen riep hij hard: 'Wie heeft jou wat gevraagd?'

We zwegen allebei, en hij draaide zich opnieuw op zijn zij. In de verte hoorde ik het portier van een auto dichtslaan en vervolgens het gegiechel van een stelletje. Daniele draaide zich naar hen om en zei geërgerd: 'Wat moeten die twee... Waarom gaan ze niet ergens anders neuken en laten ze ons niet met rust?'

'Ze hebben het recht om te neuken waar ze willen,' zei ik terwijl ik de glans van de doorschijnende lak op mijn nagels bestudeerde.

'Luister, schat... jij hoeft me niet te zeggen wat anderen wel of niet moeten doen. Dat beslis ik, alleen ik, ik beslis ook over jou en dat zal ik altijd blijven doen.'

Terwijl hij praatte, draaide ik me geïrriteerd op mijn vochtige handdoek om. Hij pakte me nijdig bij mijn schouders en begon eraan te schudden, terwijl hij met zijn tanden op elkaar onverstaanbare geluiden voortbracht.

Ik vertrok geen spier.

'Ik laat me niet zo door jou behandelen!' schreeuwde hij. 'Je hebt niet te doen alsof ik je geen bal interesseer. Als ik praat, luister je naar me en draai je je niet om, begrepen?'

Direct daarop draaide ik me met een ruk om en greep zijn polsen vast, die in mijn handen zwak aanvoelden. Ik voelde medelijden met hem, mijn hart kromp ineen. 'Ik zou urenlang naar je luisteren als je tenminste tegen me sprak, als je me dat tenminste toestond,' zei ik zacht.

Ik zag en voelde dat zijn lichaam zich ontspande en dat hij zijn ogen neersloeg.

Hij barstte in tranen uit en bedekte van schaamte zijn gezicht met zijn armen. Hij ging weer op de handdoek liggen en met opgetrokken knieën leek hij nog meer op een hulpeloos, onschuldig kind.

Ik gaf hem een kus op zijn wang, vouwde voorzichtig en zonder iets te zeggen mijn handdoek op, raapte mijn andere spullen bij elkaar en liep toen langzaam in de richting van dat stelletje. Ze omhelsden elkaar, de een snoof in de nek de geur van de ander op. Ik bleef even naar ze staan kijken en tussen het lichte geruis van de golven van de zee door hoorde ik een van de twee: 'Ik hou van je' fluisteren.

Zij hebben me thuisgebracht. Ik bedankte hen terwijl ik me verontschuldigde dat ik ze had gestoord, maar zij verzekerden me dat ze me graag hadden geholpen.

Nu ik dit schrijf, voel ik me schuldig. Ik heb hem op het natte strand achtergelaten, scherpe en meelijwekkende tranen plengend. Ik ben er als een lafaard vandoor gegaan en heb hem pijn laten voelen. Maar ik heb het voor hem gedaan, en ook voor mezelf. Hij heeft me vaak aan het huilen gemaakt en in plaats van me te omhelzen, wees hij me af en lachte me uit. Het zal geen drama voor hem zijn dat hij nu alleen is. En voor mij ook niet.

30 april 2001

Ik ben gelukkig, gelukkig, gelukkig! Er is niets gebeurd waardoor ik gelukkig zou kunnen zijn, en toch ben ik het.

Niemand belt me, niemand komt me opzoeken en toch straalt de vreugde van mijn hele lichaam af. Ik ben onwaarschijnlijk blij. Ik heb me bevrijd van al mijn paranoïde gedachten, ik zit niet meer in gespannen afwachting van een telefoontje van hem, ik ben niet meer bang om hem boven op me te keer te voelen gaan zonder zich om mijn lichaam en om mij te bekommeren. Ik hoef geen leugens meer te vertellen aan mijn moeder, die me bij thuiskomst regelmatig vroeg waar ik was geweest. Ik verzon steevast wat: dat ik in het centrum een biertje was gaan drinken, dat ik een film had gezien of naar het theater was geweest. Voordat ik in slaap viel, fantaseerde ik dat ik daar werkelijk was geweest en probeerde ik me een voorstelling te maken van wat ik dan zou hebben gedaan. Ik zou me absoluut hebben vermaakt, mensen hebben leren kennen. Ik zou een leven leiden dat niet alleen bestond uit school, thuis en sex met Daniele. Ik verlang ernaar dat leven te leiden, het maakt me niet uit hoeveel moeite ik daarvoor moet doen. Ik wil iemand die werkelijk belangstelling heeft voor Melissa. Misschien zal ik worden verteerd door eenzaamheid, maar daar ben ik niet bang voor. Mijn beste vriendin ben ik zelf, ik zou mezelf nooit verraden, nooit in de steek laten. Mezelf pijn doen daarentegen misschien wel. Niet omdat ik ervan geniet mezelf te kwetsen, maar omdat ik mezelf op een of andere manier moet straffen. Maar hoe kan iemand nu tegelijkertijd van zichzelf houden en zichzelf straffen? Dat is tegenstrijdig, ik weet het. Maar liefde en haat zijn elkaar nooit eerder zo genaderd, en zijn nooit zo complex geweest als in mij.

7 juli 2001
12.38 uur 's nachts

Ik heb hem vandaag gezien. Hij heeft nog een keer, hope-
lijk voor de laatste keer, misbruik gemaakt van mijn gevoelens. Het begon op precies dezelfde manier als altijd, en
eindigde ook op precies dezelfde manier. Wat ben ik dom,
ik had hem niet moeten toestaan nog een keer toenadering
te zoeken.

5 augustus 2001

Het is voorgoed voorbij. Ik ben blij dat dat niet voor mij
geldt. Ik begin juist opnieuw te leven.

11 september 2001
15.25 uur

Misschien kijkt Daniele naar dezelfde beelden op tv als ik.

28 september 2001
9.10 uur

Het schooljaar is net weer begonnen en de sfeer van sta-
kingen, betogingen en bijeenkomsten met steeds dezelfde
thema's is al weer voelbaar. Ik zie de rood aangelopen ge-
zichten al voor me van de leerlingenraad die fel van leer

trekt tegen de actievoerders. Over een paar uur begint de eerste bijeenkomst van dit schooljaar, met als thema de globalisering. Op dit moment ben ik in de aula, tijdens een invaluur. Achter me praten een paar klasgenoten over de gastspreker die vanochtend de bijeenkomst zal leiden. Ik hoor ze zeggen dat ze het een mooie jongen vinden, met een engelachtig gezicht en een scherpe intelligentie. Ze grinniken wanneer een van hen opmerkt dat zijn scherpe intelligentie haar totaal niet interesseert, maar zijn engelachtige gezicht des te meer. Het zijn dezelfde meisjes die me enkele maanden geleden voor schut zetten door rond te bazuinen dat ik het deed met een jongen die niet mijn vriend was. Ik had een van hen in vertrouwen genomen en haar alles over Daniele verteld. Zij had me omhelsd en, nogal hypocriet, tegen me gezegd dat ze het zo erg voor me vond.

'Waarom zou je niet plat gaan met zo'n type?' vraagt dezelfde van daarnet aan de ander.

'Ik zou hem graag tegen zijn zin pakken,' antwoordt de ander lachend.

'En jij, Melissa?' vraagt ze me. 'Wat zou jij met hem doen?'

Ik heb me omgedraaid en gezegd dat ik hem niet ken en dat ik helemaal niets met hem wil doen. Nu hoor ik ze lachen, en hun gelach versmelt met het metalen, schallende geluid van de bel ten teken dat het lesuur is afgelopen.

Op het verhoogde podium voor de bijeenkomst besteedde ik geen aandacht aan de gesloopte grensposten of de in brand gestoken McDonald's, hoewel ik was uitgekozen om de bijeenkomst te notuleren. Ik zat aan de lange tafel in het midden en werd geflankeerd door vertegenwoordigers van opponerende facties. De jongen met het engelachtige gezicht zat naast me, met een pen in zijn mond, waarop hij onbeschaamd zat te kauwen. Terwijl een fervente aanhanger van rechts fel van leer trok tegen iemand van links, hield ik mijn ogen gericht op de blauwe inkt tussen zijn tanden.

'Noteer tussen de interventies door mijn naam,' zei hij op een gegeven moment terwijl hij zijn blik op zijn velletje met aantekeningen gericht hield.

'Wat is je naam?' vroeg ik hem discreet.

'Roberto,' antwoordde hij, me ditmaal verbaasd aankijkend omdat ik dat niet wist.

Hij stond op om het woord te nemen. Hij hield een sterk en overtuigend betoog. Ik sloeg hem gade terwijl hij zich ongedwongen bewoog met de microfoon en de pen in zijn hand. Het aandachtige publiek lachte om zijn ironische grapjes, waarmee hij precies de juiste snaar wist te raken. *Hij studeert vast rechten*, dacht ik, *daarom is hij natuurlijk zo'n goede spreker*. Het viel me op dat hij zich zo nu en dan omdraaide en me aankeek, en ik knoopte ondeugend maar op een natuurlijke manier mijn blouse een stukje open tot aan mijn blanke boezem. Misschien merkte hij mijn gebaar op, want hij begon zich vaker om te draaien en keek me ietwat ongemakkelijk en nieuwsgierig aan, althans, dat leek tenminste zo. Nadat hij was uitgesproken, ging hij zitten en stak zonder acht te slaan op het applaus dat hem ten deel viel zijn pen weer in zijn mond. Vervolgens draaide hij zich naar me om – ik was weer begonnen te notuleren – en zei: 'Ik ben je naam vergeten.'

Plagerig antwoordde ik hem: 'Ik heb je nog niet verteld hoe ik heet.'

Hij hief zijn hoofd iets op en zei: 'Tja.'

Ik zag dat hij opnieuw aantekeningen begon te maken en ik moest glimlachen, blij omdat hij verwachtte dat ik mijn naam zou noemen.

'Wil je me niet vertellen hoe je heet?' vroeg hij terwijl hij mijn gezicht aandachtig bestudeerde.

Ik glimlachte onschuldig. 'Melissa,' zei ik.

'Mmm... een bijennaam. Hou je van honing?'

'Te zoet,' antwoordde ik. 'Ik hou meer van iets pittigers.'

Hij schudde zijn hoofd, glimlachte en we gingen allebei door met schrijven. Na een tijdje stond hij op om een sigaretje te roken en ik zag hem lachen en levendig gebaren naar een andere jongen, ook erg knap. Zo nu en dan keek hij me aan en glimlachte met een sigarettenpeuk tussen zijn lippen. Vanaf deze afstand oogde hij fijner en slanker, zijn haar leek zacht en geurend, kleine bronzen lokken vielen lieflijk langs zijn gezicht. Hij stond tegen een lantaarnpaal met zijn volle gewicht op één heup leunend, die hij leek op te tillen met zijn hand in zijn broekzak. Een groen geruit overhemd hing slordig uit zijn broek. Samen met het ronde brilletje voldeed hij zo aan het klassieke beeld

37

van een intellectueel. Ik had zijn vriend verscheidene keren na school pamfletten zien uitdelen, altijd met een halve toscaner, al dan niet brandend, tussen zijn lippen gestoken.

Na afloop van de bijeenkomst verzamelde ik de velletjes papier die her en der verspreid over de tafel lagen en die ik bij mijn notulen moest voegen.

Op een gegeven moment kwam Roberto op me af lopen. Hij gaf me een hand en zei me met een brede glimlach gedag. 'Tot ziens, kameraad!'

Ik moest lachen en bekende hem dat ik het leuk vond om 'kameraad' genoemd te worden, dat klinkt grappig.

'Vooruit! Wat sta je daar nog te kletsen? Zie je niet dat de bijeenkomst is afgelopen?' zei de conrector terwijl hij in zijn handen klapte.

Vandaag ben ik in een goede bui. Ik heb een leuke jongen ontmoet en ik hoop dat het niet bij deze ene keer blijft. Weet je, ik ben een echte volhouder als ik eenmaal mijn zinnen op iets heb gezet. Ik wil zijn telefoonnummer, en ik weet zeker dat ik dat zal krijgen. Daarna wil ik, je weet wel wat, dat ik in zijn gedachten ben. Maar om dat voor elkaar te krijgen, moet ik iets doen, je weet wel wat...

10 oktober 2001
17.15 uur

Vandaag is het een natte, trieste dag. De lucht is grijs en de zon een bleke, onscherpe vlek. Het heeft vanochtend even zachtjes geregend, maar nu dreigt het onweer knetterend los te barsten. Maar het weer interesseert me niet, ik ben gelukkig.

Bij de ingang van de school stonden zoals altijd venters die graag een boek aan je slijten of je proberen over te halen met een of ander pamflet, zonder zich te bekommeren om de regen. Gekleed in een groene regenjas en met zijn halve toscaner tussen zijn lippen, deelde de vriend van Roberto rode vellen papier uit met een gebeeldhouwde glimlach op zijn gezicht. Toen hij dichterbij kwam om mij ook zo'n pamflet te geven, keek ik hem zwijgend aan, omdat ik niet wist wat ik moest zeggen, hoe ik me moest gedragen. Ik fluisterde een verlegen 'dankjewel' en liep heel langzaam door, intussen denkend dat zo'n mooie kans zich niet snel nog eens zou voordoen. Ik schreef mijn telefoonnummer op het pamflet en terwijl ik terugliep om dat te geven, lachte ik naar hem.

'Wat doe je nou, kom je het terugbrengen in plaats van het direct weg te gooien zoals anderen doen?' vroeg hij me lachend.

'Nee, ik wil dat je het aan Roberto geeft,' zei ik.

Verbaasd riep hij uit: 'Maar Roberto heeft honderden van deze pamfletten.'

Ik beet op mijn lippen en zei: 'Roberto zal belangstelling hebben voor wat ik op de achterkant heb geschreven...'

'Ah... oké...' zei hij nu nog verbaasder. 'Ik zie hem straks, dan zal ik het hem geven.'

'Ontzettend bedankt!' Ik had hem wel een dikke zoen op zijn wang willen geven.

Terwijl ik wegliep, hoorde ik mijn naam roepen. Ik draaide me om en zag dat hij me achterna kwam rennen.

'Ik heet Pino. Jij bent toch Melissa?' vroeg hij buiten adem.

'Ja, Melissa... ik zie dat je geen moment hebt geaarzeld om de achterkant van het pamflet te lezen. Tja, wat wil je...' zei hij glimlachend, 'intelligente mensen zijn nu eenmaal nieuwsgierig. Ben jij nieuwsgierig?'

Ik sloot mijn ogen en antwoordde: 'Ontzettend.'

'Zie je? Dat betekent dat je intelligent bent.'

Met een gestreeld ego en bijzonder opgetogen zei ik hem gedag en liep in de richting van het pleintje tegenover de school, dat als ontmoetingsplaats fungeert en vandaag half leeg was door het slechte weer. Ik twijfelde of ik de scooter zou nemen, want de verkeersdrukte tijdens het spitsuur is verschrikkelijk, zelfs voor scooters. Een paar minuten later rinkelde mijn mobieltje.

'Hallo?'

'Eh... ciao, met Roberto.'

'O, ciao.'

'Dat was een verrassing.'

'Ik heb het erop gewaagd. Je had me ook niet kunnen bellen, ik heb het risico maar genomen dat ik mijn neus zou stoten.'

'Daar heb je heel goed aan gedaan. Anders had ik je een dezer dagen zelf gebeld. Alleen, weet je, mijn vriendin zit op dezelfde school als jij.'

'O, je hebt een vriendin...'

'Ja, maar... dat maakt niets uit.'

'Het maakt mij ook niets uit.'

'Vertel eens, waarom wilde je me spreken?'

'En jij, waarom had jij contact met me willen opnemen?'

'Eh... ik vroeg het eerst aan jou.'

'Omdat ik je beter wil leren kennen en graag een tijdje met je zou willen doorbrengen...'

Stilte.

'En jij?'

'Dat geldt ook voor mij. Alleen ken je de voorwaarde: ik heb een relatie.'

'Ik geloof niet zo in relaties, die eindigen abrupt wanneer je ophoudt erin te geloven.'

'Zullen we morgenochtend afspreken?'

'Nee, morgen niet, dan moet ik naar school. Laten we vrijdag afspreken, dan wordt er gestaakt. Waar?'

'Om half elf voor de mensa.'

'Ik zal er zijn.'

'Nou, dag. Tot vrijdag dan.'

'Tot vrijdag, kusje.'

14 oktober 2001
17.30 uur

Ik was zoals gewoonlijk weer vreselijk vroeg. De tijd leek de afgelopen dagen stil te hebben gestaan, één grote sleur. Uit de mensa kwam de geur van knoflook en op de plaats waar ik stond, kon ik de kokkinnen met pannen horen kletteren en met collega's horen kletsen. Er kwam een paar keer een student voorbij die me aankeek en knipoogde, maar ik deed net alsof ik dat niet zag. Ik was meer bij de gesprekken die de kokkinnen onderling voerden dan bij mijn eigen gedachten. Ik was kalm en absoluut niet zenuwachtig. Ik liet me afleiden door de buitenwereld en was niet gefocust op mezelf.

Hij kwam aanrijden in zijn gele auto, overdreven dik aangekleed, met een enorme sjaal die de helft van zijn gezicht bedekte en alleen zijn bril vrij liet.

'Dat doe ik om niet herkend te worden, je weet hoe het is... mijn vriendin. Laten we de secundaire wegen nemen. We doen er dan wel wat langer over, maar dan nemen we in elk geval geen risico,' zei hij zodra ik was ingestapt.

Ik hoorde de regen harder tegen de ruiten van de auto slaan, alsof hij ze wilde breken. We reden in de richting van zijn tweede huis buiten de stad, op de heuvels van de Etna. De droge, bruine takken van de bomen scheurden de bewolkte hemel in kleine stukjes. De storm woei onafgebroken door de dichte regen, naarstig op zoek naar een warmer oord. Ik had ook graag mijn vleugels uitgeslagen om snel op een warme plaats te zijn. Ik was helemaal niet gespannen, ik voelde me als iemand die van huis gaat om met een nieuwe baan te beginnen. Geen opwindende baan, eerder het tegenovergestelde: een verplichte, zware baan.

'In het dashboardkastje moeten cd's liggen.'

Ik opende het dashboardkastje en pakte er een paar. Ik koos uiteindelijk een cd van Carlos Santana. We praatten over school, zijn universiteit en daarna over ons.

'Ik wil niet dat je slecht over me denkt,' zei ik.

'Maak je een grapje? Dat zou hetzelfde zijn als slecht over mezelf denken... We zijn er allebei op dezelfde manier aan begonnen. En eigenlijk is het misschien van mij schandelijker... omdat ik een relatie heb. Weet je, ze—'

'— geeft je geen voldoening,' onderbrak ik hem met een glimlach.

'Precies,' antwoordde hij ook glimlachend.

Hij draaide een moeilijk begaanbaar weggetje in en stopte voor een groene poort. Vervolgens stapte hij uit de auto en maakte de poort open. Toen hij weer instapte, zag ik het gezicht van Che Guevara op zijn T-shirt gedrukt, helemaal kletsnat.

'Getver!' riep hij uit. 'Het is nog maar net herfst en het is nu al van dat smerige weer.' Daarna draaide hij zich om en vroeg: 'Ben je een beetje nerveus?'

Ik klemde mijn lippen op elkaar waardoor mijn kin krulde, schudde mijn hoofd en antwoordde na een tijdje: 'Nee, helemaal niet.'

Ik tilde mijn tas boven mijn hoofd om droog de voordeur te halen en onder het rennen moesten we ontzettend lachen, als twee debielen.

Het huis was helemaal donker. Toen ik binnenstapte, voelde ik een ijskou. Ik bewoog me moeizaam door het pikkedonker, maar hij was eraan gewend, hij kende alle hoeken en liep met een zekere nonchalance. Ik bleef stilstaan op een plek waar het iets lichter was en zette mijn tas op een bank die ik zag staan.

Roberto kwam vanachter op me af lopen, hij draaide me om en zoende me volop met zijn hele tong in mijn mond. Ik vond deze kus een beetje smerig – hij leek absoluut niet op de zoenen van Daniele. Zijn speeksel sijpelde een beetje langs mijn lippen. Ik duwde hem beleefd iets van me af zonder dat hij er erg in had en veegde met mijn handpalm mijn kin af. Hij pakte diezelfde hand en voerde me naar de slaapkamer, waar het ook pikkedonker en ijskoud was.

'Kun je het licht niet aandoen?' vroeg ik, terwijl hij me in mijn hals kuste.

'Nee, ik vind dit prettig.'

Hij duwde me op het bed, knielde voor me neer en deed mijn schoenen uit. Ik was niet opgewonden, maar ook weer niet helemaal onaangedaan. Ik geloof dat ik alles deed alleen omdat hij het prettig vond.

Hij kleedde me uit zoals een handige, maar onverschillige winkelbediende een etalagepop uitkleedt zonder die opnieuw te kleden.

Toen hij mijn kousen zag, vroeg hij verbaasd: 'Draag je zelfophoudende kousen?'

'Ja, altijd,' antwoordde ik.

'Je bent een smerige slet!' zei hij hardop.

Ik schaamde me vanwege zijn commentaar, dat nergens op sloeg, maar ik was helemaal geschokt doordat hij plotseling veranderde van een beleefde, nette jongen in een grove, vulgaire man. Hij had een felle, hongerige blik in zijn ogen, zijn handen graaiden onder mijn blouse, mijn slipje.

'Wil je dat ik ze aanhoud?' vroeg ik om zijn lusten te bevredigen.

'Jazeker, houd ze aan, dan ben je een nog grotere smerige slet.'

Mijn wangen kleurden opnieuw, maar daarna voelde ik mijn vuur langzaam ontsteken en de realiteit geleidelijk aan wegglijden. De Hartstocht kreeg de overhand.

Ik stond op van het bed en voelde de ijskoude, gladde

vloer onder mijn voeten. Ik verwachtte dat hij me zou vast-
pakken en met me zou doen wat hij wilde.

'Pijp me, slet,' fluisterde hij.

Ik sloeg geen acht op mijn schaamte, ik verjoeg die onmiddellijk en deed wat hij me vroeg. Ik voelde zijn lid hard
en groot worden, hij pakte me vast onder mijn oksels en
trok me omhoog naar het bed.

Hij zette me als een weerloos kind boven op zich en bewoog zijn lid in de richting van mijn geslachtsdeel, dat nog
krap en amper vochtig was.

'Ik wil je pijn doen. Vooruit, schreeuw, laat me horen
dat ik je pijn doe.'

Het deed inderdaad pijn, ik voelde de wanden branden
en tegen wil en dank uiteenwijken.

Ik schreeuwde, terwijl de donkere kamer om me heen
draaide. De gêne verdween en in plaats daarvan ontstond
alleen het verlangen om hem tot de mijne te maken.

*Als ik schreeuw, zal hij tevreden zijn. Dat heeft hij me ge-
vraagd te doen. Ik doe alles wat hij me zegt*, dacht ik.

Ik schreeuwde en voelde pijn, geen vleugje genot trok
door me heen. Hij barstte daarentegen volledig los. Zijn
stem veranderde en uit zijn mond klonken obscene, vulgaire woorden.

Hij wierp ze me toe en die woorden kwamen zo hard
aan dat ze me dieper raakten dan zijn penetratie.

Daarna was alles weer als daarvoor. Hij pakte zijn bril
van het nachtkastje, stroopte het condoom met een zak-
doek af, hij kleedde zich kalm aan, streek over mijn haren
en in de auto spraken we over Bin Laden en Bush alsof er
daarvoor niets was gebeurd...

Roberto belt me vaak, hij zegt dat het horen van mijn stem hem vervult van vreugde en dat hij dan zin krijgt om te vrijen. Dat laatste zegt hij zachtjes, hij wil het eigenlijk niet zeggen en schaamt zich een beetje om dat toe te geven. Ik zeg hem dat ik hetzelfde voel en dat ik me vaak bevredig terwijl ik aan hem denk. Dat is niet waar. Ik zeg het alleen voor zijn ego. Helemaal van zichzelf vervuld antwoordt hij dan altijd: 'Ik weet dat ik een goede minnaar ben. Ik ben aantrekkelijk voor vrouwen.'

Het is een verwaande engel, hij is onweerstaanbaar. Zijn beeld achtervolgt me overdag, maar ik denk vaker aan hem als de beleefde jongen dan als de hartstochtelijke minnaar. Wanneer hij verandert moet ik glimlachen, omdat ik denk dat hij een goede balans weet te bewaren en op verschillende momenten een verschillende persoonlijkheid is. Dat in tegenstelling tot mij. Ik ben altijd dezelfde, altijd hetzelfde. Mijn hartstocht is er altijd, net als mijn ondeugendheid.

1 december 2001

Ik heb hem verteld dat ik overmorgen jarig ben en hij riep uit: 'Oké, dat moeten we dan op gepaste wijze vieren.'

Ik glimlachte en zei: 'Roby, we hebben gisteren nog behoorlijk gefeest. Ben je nog niet tevreden?'

'Eh, ik bedoelde dat je verjaardag speciaal zal zijn. Je kent Pino toch?'

'Jazeker,' antwoordde ik hem.

'Vind je hem leuk?'

Ik aarzelde even, bang dat ik een antwoord zou geven waarmee ik hem zou wegjagen. Toen besloot ik hem de waarheid te vertellen. 'Ja, erg leuk.'

'Hartstikke goed. Ik kom je overmorgen ophalen.'

'Oké...' Ik hing op, nieuwsgierig geworden naar deze nieuwe verwikkelingen. Ik vertrouw op hem.

3 december 2001

4.30 uur 's ochtends

Vandaag is het mijn zestiende verjaardag. Ik wil stil blijven staan en niet verdergaan. Nu ik zestien ben bepaal ik zelf wat ik doe, maar ik ben tegelijkertijd overgeleverd aan het toeval en de onvoorspelbaarheid.

Toen ik de voordeur uitliep, zag ik dat Roberto niet alleen was in de gele auto. Ik zag de donkere sigaar versmelten met de duisternis en begreep direct alles.

'Je zou tenminste voor je verjaardag thuis kunnen blijven,' had mijn moeder gezegd voordat ik het huis verliet, maar ik sloeg geen acht op haar en trok zonder te antwoorden de deur zachtjes achter me dicht.

De verwaande engel keek me glimlachend aan en ik stapte in de auto en deed alsof ik niet had gezien dat Pino op de achterbank zat.

'Nou,' vroeg Roberto, 'waarom zeg je niets?' terwijl hij met zijn hoofd gebaarde naar de achterbank.

Ik draaide me om en zag Pino op de achterbank hangen

met rode ogen en verwijde pupillen. Ik glimlachte naar hem en vroeg: 'Heb je geblowd?'

Hij knikte en Roberto zei: 'Ja, en hij heeft ook een hele fles jenever leeggedronken.'

'Vandaar,' zei ik. 'Hij heeft hem goed zitten.'

De lichten van de stad weerkaatsten op de autoruiten, de winkels waren nog open, de eigenaren waren in gespannen afwachting van Kerstmis. Op de trottoirs wandelden stelletjes en families zonder zich bewust te zijn van het feit dat ik in de auto zat met twee mannen die me naar een onbekende plaats voerden.

We staken de via Etnea over en ik zag de door witte lampen verlichte dom geflankeerd door imposante dadelpalmen. Onder aan deze straat loopt een rivier, aan het zicht onttrokken door de versteende lava. Ze is stil, onhoorbaar, net als mijn stille, milde gedachten, die ik wijselijk verborgen houd onder mijn harnas. Ze stromen. Kwellen me.

's Ochtends is hier in de buurt een vismarkt. Je ruikt de zeelucht in de handen van de vissers, die met zwarte nagels van de ingewanden van de vissen water uit de emmer pakken en over de nog levende, kronkelende dieren sprenkelen. We reden precies die kant op, ook al hangt hier 's nachts een andere sfeer. Nadat ik uit de auto was gestapt, drong het tot me door dat de zeelucht veranderde in de geur van rook en hasjies. Jongens met piercings vervangen de oude, gebronsde vissers en het leven gaat door, altijd, op wat voor manier ook.

Ik liep langs een oude, in het rood geklede, stinkende vrouw die in haar armen eenzelfde rode, magere kat

hield die aan één oog blind was. Ze mompelde een deun-
tje:

> Ik liep door via Etnea
> dat schittert van de lichtjes
> waar een grote menigte is
> Ik zag zo veel jongens in jeans
> paraderen
> voor het café
> Wat is Catania 's avonds mooi,
> onder de glanzende maneschijn
> op de vuurrode berg
> de verliefde stelletjes branden van verlangen

Ze bewoog zich voort als een spook, langzaam, met haar
blik op oneindig. Ik nam haar nieuwsgierig op terwijl ik
wachtte tot ook de anderen waren uitgestapt. De vrouw
streek langs de mouw van mijn jas en ik voelde een vreemde rilling door me heen gaan. Onze blikken kruisten elkaar
heel even, maar dat ogenblik was zo intens, zo veelzeggend
dat ik er bang van werd, ongelooflijk panisch bang. Haar
steelse, scherpe, allesbehalve domme blik zei: 'Daarbinnen
zul je de dood vinden. Je zult je hart niet meer kunnen te-
rugvinden, kind, je zult sterven, en iemand zal aarde op je
graf strooien. Geen enkele bloem, niet één.'

Ik kreeg kippenvel, die vrouw had me behekst. Maar ik
luisterde niet naar haar, ik glimlachte naar de twee mooie,
gevaarlijke jongens die op me af kwamen lopen.

Pino kon amper op zijn benen staan. Hij zweeg de hele
tijd en ook Roberto en ik spraken niet zo veel als anders.

Roberto trok een grote bos sleutels uit zijn broekzak en stak er één in het slot. De voordeur knarste, hij duwde hard om de deur te openen en uiteindelijk viel die met veel lawaai achter ons dicht.

Ik zei niets, ik had geen vragen, het was me volledig duidelijk wat we zouden gaan doen. We liepen de uitgesleten trap op, de muren van het gebouw zagen er zo wankel uit dat ik vreesde dat er elk moment een zou omvallen en ons zou vermorzelen. De vele scheurtjes en het witte licht gaven de blauwe muren iets doorschijnends. We bleven staan voor een deur waarachter ik muziek vandaan hoorde komen.

'Is hier iemand?' vroeg ik.

'Nee, we zijn vergeten de radio uit te doen voordat we weggingen,' antwoordde Roberto.

Pino ging plotseling naar het toilet en liet de deur openstaan. Ik zag hem plassen, hij hield zijn zachte, gerimpelde lid in zijn hand. Roberto liep het andere vertrek in om het geluid zachter te zetten en ik bleef in de gang nieuwsgierig in alle kamers kijken die ik daarvandaan kon zien.

De verwaande engel kwam glimlachend teruglopen, kuste me op de mond en zei terwijl hij een kamer aanwees: 'Wacht daar in de cel van verlangens op ons, we komen er zo aan.'

'Hé,' lachte ik. 'Cel van verlangens... wat een vreemde naam voor een kamer waarin geneukt wordt!'

Ik liep de tamelijk kleine kamer in. Op de muren waren honderden foto's van pin-ups, knipsels uit pornobladen en standjes uit de kamasutra geplakt. Op het plafond hing onvermijdelijk de rode vlag met het gezicht van Che erop.

Waar ben ik verzeild geraakt, dacht ik, in een soort sex-museum... Van wie zou dit huis zijn?

Roberto kwam binnen met een zwarte lap stof in zijn hand. Hij draaide me om en blinddoekte me. Vervolgens draaide hij me weer naar zich toe en riep lachend: 'Je lijkt Vrouwe Fortuna wel.'

Ik hoorde de lichtschakelaar klikken en daarna kon ik niets meer zien.

Ik hoorde voetstappen en gefluister, vervolgens trokken twee handen mijn jeans, mijn koltrui en beha uit. Het enige wat ik nog aan had waren mijn tangaslip, mijn zelfophoudende kousen en laarzen met naaldhakken. Ik stelde mezelf geblinddoekt en naakt voor, en zag in mijn gezicht alleen de rode lippen die kort daarop iets van hen zouden proeven.

Plotseling verdubbelde het aantal handen, en werden het er vier. Ik kon ze gemakkelijk onderscheiden want twee betastten mijn borsten en twee streken onder mijn tanga langs mijn geslachtsdeel en streelden mijn billen. Ik rook de alcohollucht van Pino niet, misschien had hij in de badkamer zijn tanden gepoetst. Terwijl ik in mijn verbeelding steeds meer aan hun handen was overgeleverd en opgewonden raakte, voelde ik achter me een koud, glazen voorwerp: een glas. De handen gingen door met me aan te raken maar het glas drukte steeds harder tegen me aan. Verschrikt riep ik: 'Wie doet dat, verdomme?'

Ergens op de achtergrond klonk een lach en vervolgens een onbekende stem: 'Je barman, liefje. Maak je niet ongerust, ik heb alleen een drankje voor je meegebracht.'

Hij zette het glas aan mijn lippen en ik nam langzaam

een teugje van de whisky. Ik likte mijn lippen af en een andere mond kuste me hartstochtelijk terwijl de handen doorgingen me te strelen en de barman me te drinken gaf. Een vierde man kuste me.

'Wat een mooie kont heb je...' sprak de onbekende stem, 'zacht, wit en stevig. Mag ik je bijten?'

Ik lachte om de domme vraag en antwoordde: 'Doe het en vraag me niets. Maar één ding wil ik weten: met z'n hoevelen zijn jullie?'

'Rustig maar, lief,' zei een andere stem achter mijn schouders. Ik voelde een tong mijn rugwervels likken. Het beeld van mezelf dat ik nu voor me zag, was opwindender: geblinddoekt, half naakt, vijf mannen die me likten en mijn lichaam in vuur en vlam zetten. Ik stond in het middelpunt van de belangstelling en zij deden met mij wat in de cel van verlangens is toegestaan. Ik hoorde geen stemmen, alleen gezucht en liefkozingen.

Toen een vinger langzaam mijn Geheim binnendrong, voelde ik een onverwachte hitte en ik begreep dat mijn verstand me verliet. Ik was overgeleverd aan de aanraking van hun handen en ik voelde een brandend verlangen om te weten wie ze waren en hoe ze eruitzagen. Wat als het genot het werk was van een afschuwelijk lelijke, kwijlende man? Op dat moment interesseerde me dat niet. Maar nu voel ik schaamte, ook al besef ik dat het geen zin heeft achteraf spijt te hebben van dingen die al zijn gebeurd.

'Goed,' zei Roberto uiteindelijk, 'nu is het tijd voor het laatste onderdeel.'

'Wat is dat?' vroeg ik.

'Wees niet bang. Je mag je blinddoek afdoen, nu spelen we een ander spel.'

Ik aarzelde even alvorens de blinddoek af te nemen, maar even later trok ik hem langzaam af en zag dat ik alleen met Roberto in de kamer was.

'Waar zijn de anderen heen gegaan?' vroeg ik verbaasd.

'Ze wachten op ons in de andere kamer.'

'Heeft die óók een speciale naam?' vroeg ik olijk.

'Eh, rooksalon. We steken een joint op.'

Ik wilde er uit alle macht vandoor gaan en hen daar achterlaten. Dat intermezzo deed me afkoelen en de realiteit drong zich in alle hevigheid aan me op. Maar ik kon niet weggaan, ik was ermee begonnen en nu moest ik het hoe dan ook afmaken. Ik deed het voor hen.

Ik merkte de silhouetten op in de donkere kamer, die alleen door drie kaarsen op de grond werd verlicht. Uit het weinige wat ik kon zien, kon ik opmaken dat de jongens die aanwezig waren, niet lelijk waren en dat stelde me gerust.

In de kamer stond alleen een ronde tafel met stoelen eromheen. De verwaande engel ging zitten.

'Rook je mee?' vroeg Pino.

'Nee, dank je, ik rook nooit.'

'Jawel, vanaf vanavond rook jij ook,' merkte de barman op, van wie ik het welgevormde, slanke lichaam, de donkere huidskleur en het lange, gekrulde haar tot op de schouders kon zien.

'Nee, het spijt me dat ik je moet teleurstellen. Als ik nee zeg, is het nee. Ik heb nooit gerookt, ik rook nu niet en ik weet niet of ik ooit zal roken. Ik vind het niet nodig en daarom laat ik dat graag aan jullie over.'

'Maar een mooie aanblik ontneem je ons niet,' zei Roberto terwijl hij met zijn hand op het houten tafelblad sloeg. 'Ga hier zitten.'

Ik nam met gespreide benen op de tafel plaats, de hakken van mijn laarzen in het hout gepriemd, met mijn geslachtsdeel duidelijk zichtbaar voor alle aanwezigen. Roberto schoof zijn stoel dichterbij, hij liet het licht van de kandelaar op mijn schaambeen vallen om het duidelijker te laten zien. Hij rolde zijn joint en richtte zijn blik eerst op de geurende wiet en vervolgens op mijn Geheim. Zijn ogen glansden.

'Masturbeer nu,' beval hij me.

Ik stak langzaam een vinger in mijn snede.

Hij liet het roken voor wat het was en concentreerde zich op mijn geslacht.

Vanachter was iemand komen aanlopen, die mijn schouders begon te kussen, me in zijn armen nam, me op zijn lichaam vastpinde en probeerde zijn lid in mij te steken. Ik was weerloos. Mijn blik was naar beneden gericht en gedoofd. Leeg. Ik wilde niet kijken.

'Nee, nee... hier hebben we het eerder over gehad... Niemand penetreert haar,' zei Pino.

De barman liep naar de andere kamer om de zwarte doek te pakken, die daarvoor mijn ogen had bedekt. Ze blinddoekten me opnieuw en ik werd door een hand gedwongen om te knielen.

'Melissa, nu laten we de joint rondgaan,' hoorde ik Roberto's stem zeggen. 'Steeds als een van ons hem in zijn handen heeft, zullen we met onze vingers knippen en je hoofd aanraken, zodat je weet waar hij is. Jij nadert degene die we je vertellen dat je moet naderen en neemt hem in je mond totdat hij klaarkomt. Vijf keer, Melissa, vijf. Vanaf nu houden we onze mond. Zet 'm op!'

Op mijn verhemelte mengden zich vijf verschillende smaken, de smaak van vijf verschillende mannen. Iedere smaak heeft zijn geschiedenis, ieder goedje draagt mijn schaamte. Tijdens die ogenblikken had ik de sensatie en de illusie dat het genot niet slechts lichamelijk was, maar schoonheid, vreugde, vrijheid. En terwijl ik me naakt te midden van hen bevond, voelde het alsof ik deel uitmaakte van een andere, onbekende wereld. Toen ik na afloop de kamer uitliep, voelde ik mijn gebroken hart en maakte zich een onuitsprekelijke schaamte van me meester.

Ik liet me op een bed vallen en voelde mijn lichaam verstijven. Op het bureau in het kleine vertrek zag ik de display van mijn mobieltje knipperen en wist dat mijn ouders me probeerden te bellen. Het was inmiddels al half drie 's ochtends. Intussen kwam iemand de kamer binnen, wierp zich boven op me en begon me te neuken. Daarna volgde een ander die zijn pik naar mijn mond bewoog. En terwijl de één klaar met me was, stroomde het witte vocht van de ander over me heen. En dat van de anderen. Gezucht, geklaag en gekreun. En stille tranen.

Vol sperma en met uitgelopen make-up keerde ik terug naar huis, waar mijn moeder me slapend op de bank opwachtte.

'Ik ben er,' zei ik haar. 'Ik ben thuis.'

Ze was te slaperig om me verwijten te maken over het

late tijdstip, en dus knikte ze en liep terug naar haar slaapkamer.

Ik ben de badkamer in gelopen, keek in de spiegel maar
zag niet meer de beeltenis van degene die zichzelf een paar
jaar geleden nog in extase aanschouwde. Ik zag verdrietige
ogen, die nog meer medelijden opwekten door het zwarte
oogpotlood dat was uitgelopen over de wangen. Ik zag een
mond die deze avond meerdere keren was verkracht en zijn
puurheid had verloren. Ik voelde me overvallen, bezoedeld
door vreemde lichamen.

Daarna borstelde ik honderd keer mijn haar, zoals prin-
sessen doen, dat zegt mijn moeder altijd, met een vagina
die ook nu, terwijl ik in het holst van de nacht schrijf, naar
sex ruikt.

4 december 2001
12.45 uur

'Plezier gehad gisteren?' vroeg mijn moeder vanochtend
terwijl ze de fluitende cafetière met gegeeuw overstemde.

Ik haalde mijn schouders op en antwoordde dat het een
avond was geweest als alle andere.

'Je kleren roken vreemd,' zei ze met de gebruikelijke
blik van iemand die alles van anderen wil weten, en in het
bijzonder van mij.

Van schrik draaide ik me met een ruk om en beet op
mijn lippen. Ik was bang dat ze misschien de geur van
sperma had geroken.

'Waar roken ze dan naar?' vroeg ik ogenschijnlijk kalm

terwijl ik afwezig door het keukenraam de zon bestudeerde.

'Naar rook... ik weet niet... marihuana,' zei ze met een vies gezicht.

Opgelucht draaide ik me om, toonde een zwak glimlachje en riep uit: 'Ach, weet je, in de kroeg waar ik gisteren was waren mensen die een joint rookten. Ik kon ze moeilijk vragen om die uit te maken.'

Ze keek me grimmig aan en zei: 'Als jij stoned thuis durft te komen, kom je zelfs de deur niet meer uit om naar school te gaan!'

'Mmm, goed,' grapte ik. 'Bedankt, zo heb ik een uitstekend excuus om niet meer die stomme lessen te hoeven volgen.'

Alsof alleen hasjies slecht zijn... Ik zou ontelbare joints opsteken als ik maar niet dit vreemde lege gevoel hoefde te voelen. Het was alsof ik in het luchtledige hing en van bovenaf aanschouwde wat ik gisteren had gedaan. Nee, dat was ik niet. Dat was iemand die niet van zichzelf houdt, die zich door onbekende, begerige handen liet aanraken, het sperma van vijf verschillende mannen ontving en bezoedeld raakte in de ziel die daarvoor nog geen pijn kende.

Ik hou van mezelf, ik ben degene die vannacht haar haar liet glanzen door het met zorg honderd keer te borstelen, die de kinderlijke zachtheid van de lippen heeft hervonden, die zich kuste en zichzelf de liefde schonk die haar gisteren werd onthouden.

Tijd van cadeaus en valse glimlachen, van muntjes die voor een tijdelijke dosis goed geweten in de handen worden geduwd van zwervers met kinderen op de arm aan de kant van de weg. Ik hou er niet van om cadeautjes voor anderen te kopen, ik koop ze altijd en alleen voor mezelf, misschien omdat ik niemand heb om ze aan te geven. Vanmiddag ben ik op stap geweest met Ernesto, die ik tijdens het chatten heb leren kennen. Hij leek me direct erg aardig, we hebben onze telefoonnummers uitgewisseld en zijn elkaar meteen als goede vrienden gaan zien. Al is hij wel een beetje afstandelijk, in beslag genomen door de universiteit en zijn mysterieuze vriendschappen.

We gaan vaak winkelen en ik schaam me er niet voor om met hem een lingeriewinkel in te lopen, hij koopt die zelf ook.

'Voor mijn nieuwe vriendin,' zegt hij altijd. Maar hij heeft er nooit één aan me voorgesteld.

Hij lijkt de winkelbediendes goed te kennen, ze tutoyeren elkaar en staan vaak samen te gniffelen. Ik zoek in de rekken naar lingerie die ik zal aantrekken voor degene die uiteindelijk van me zal houden. Ik bewaar die ingepakt en goed opgeborgen in de bovenste la van mijn ladekast.

In de tweede la bewaar ik ondergoed dat ik aantrek als ik Roberto en zijn vrienden ontmoet. Zelfophoudende kousen waarin halen zijn gekomen door hun nagels en kanten slipjes die enigszins zijn uitgelubberd omdat er te vaak door begerige handen aan is getrokken. Zij letten daar niet op, voor hen hoef ik alleen een smerige slet te zijn.

In het begin kocht ik altijd wit kanten lingerie die ik goed met elkaar combineerde.

'Zwart zou je beter staan,' zei Ernesto me op een keer. 'Dat past beter bij je huidskleur en je gezicht.'

Ik heb zijn advies opgevolgd en sindsdien koop ik alleen nog maar zwart kant.

Ik keek toe hoe hij belangstellend keek naar tanga's in allerlei kleuren die een Braziliaanse danseres niet zouden misstaan: shocking roze, groen, elektrisch blauw en, wanneer hij in een serieuze bui is, rood.

'Die meiden van jou moeten wel vreemde types zijn,' zei ik.

Hij gniffelde en antwoordde: 'Niet zo erg als jij,' waarna mijn ego weer was gestreeld.

De beha's zijn bijna allemaal opgevuld, hij zoekt nooit bijpassende slips, maar combineert bijna altijd kleuren die absoluut niet bij elkaar passen.

Dan de kousen: ik draag altijd zwart doorschijnende, zelf ophoudende kousen met een kanten boord, die duidelijk contrasteren met mijn blanke huidskleur in de winter. Hij koopt altijd netkousen, waarvan de ruiten naar mijn smaak net iets te klein zijn.

Wanneer Ernesto een meisje leuk vindt, duikt hij in de menigte in een warenhuis en koopt glimmende kleding met glittertjes, duizelingwekkende decolletés en brutale splitten.

'Hoeveel krijgt dat meisje per uur?' vroeg ik voor de grap.

Hij werd serieus en ging zonder te antwoorden betalen. Ik voelde me schuldig en houd op me stom te gedragen.

Terwijl we langs verlichte winkels en bitse, jonge winkelbediendes wandelden, werden we overvallen door een regenbui en raakten de dik kartonnen pakjes die we in onze hand hielden doorweekt.

'Laten we schuilen onder een galerij!' riep hij luid terwijl hij mijn hand greep.

'Ernesto!' antwoordde ik half verontwaardigd, half opgewekt. 'In de via Etnea zijn geen galerijen.'

Hij keek me zwijgend aan, haalde zijn schouders op en riep uit: 'Laten we dan maar naar mijn huis gaan!' Ik wilde niet naar zijn huis gaan, ik ben erachter gekomen dat een van zijn medebewoners Maurizio is, een vriend van Roberto. Ik wil hem niet zien, en nog minder dat Ernesto achter mijn geheime bezigheden komt.

Vanaf de plek waar we waren bevond zijn huis zich nog maar op een afstand van enkele honderden meters, die we hand in hand en hardlopend hebben afgelegd. Het was leuk om met iemand te rennen zonder te hoeven denken dat ik daarna moet gaan liggen en me volledig moet laten gaan. Ik zou het prettig vinden als ik voor één keer kon beslissen wanneer en hoe, voor hoe lang, met hoeveel verlangen.

'Is er iemand thuis?' fluisterde ik, terwijl we de trap opliepen en mijn stem door de gang echode.

'Nee,' antwoordde hij hijgend. 'Ze zijn allemaal voor de kerstdagen naar huis. Alleen Gianmario is er nog, maar ook hij is op dit moment niet thuis.' Opgewekt volgde ik hem, me terloops in de spiegel aan de muur bekijkend.

Zijn huis was halfleeg en het was duidelijk dat er vier mannen woonden: er hing een vieze lucht (ja, die doordringende spermalucht) en de kamers puilden bijna volledig uit van de rotzooi.

We gooiden de tassen op de grond en trokken onze doorweekte regenjassen uit.

'Wil je een shirt van mij aan zodat jouw kleren intussen kunnen drogen?'

'Graag, dank je,' antwoordde ik.

Toen we in zijn kamer annex bibliotheek waren, opende hij een beetje angstig de kast en voordat hij de kastdeur helemaal openzwaaide vroeg hij me eerst om onze pakjes te halen.

Nadat ik was teruggekeerd, sloot hij haastig de kast. Kletsnat riep ik vrolijk uit: 'Wat verberg je in die kast? De lijken van je vriendinnen?'

Hij glimlachte en antwoordde: 'Zoiets ja.'

De manier waarop hij dat zei maakte me nieuwsgierig. Om te voorkomen dat ik doorging met vragen stellen, zei hij terwijl hij de tassen uit mijn handen rukte: 'Vooruit, laat maar eens zien. Wat heb je gekocht, kleintje?'

Hij maakte met beide handen het doorweekte karton open en stak daar zijn hoofd in als een kleine jongen die zojuist zijn kerstcadeautje heeft gekregen. Zijn ogen glansden en hij haalde er tussen de toppen van zijn vingers een paar zwarte slipjes uit.

'O, o. En wat doe je hiermee? Voor wie trek je die aan? Die zul je niet naar school aantrekken...'

'We hebben allebei zo onze geheimen,' zei ik ironisch, wetend dat ik daarmee zijn argwaan zou wekken.

Hij keek me verbaasd aan, boog zijn hoofd een beetje naar links en zei zachtjes: 'Wat zeg je? En wat voor geheim mag dat dan wel zijn?'

Ik was het moe om het langer voor me te houden. Ik heb het hem verteld. De uitdrukking op zijn gezicht veranderde niet, hij had dezelfde gebiologeerde blik als daarvoor.

'Waarom zeg je niets?' vroeg ik geïrriteerd.

'Het zijn jouw keuzes, kleintje. Ik kan je alleen zeggen dat je niet te hard van stapel moet lopen.'

'Te laat,' zei ik op een quasi berustende toon.

In een poging mijn gevoelens van schaamte te onderdrukken, lachte ik luid en zei vervolgens opgewekt: 'Nou, schat, nu is het jouw beurt om je geheim te onthullen.'

Hij zag er plotseling minder bleek uit. Zijn onzekere blik flitste snel door de hele kamer.

Hij stond op van de bedbank met verbleekte bloemen en beende met grote stappen naar de kast. Hij opende met een woest gebaar een deurtje, wees met zijn wijsvinger op de kleding die er hing en zei: 'Die zijn van mij.'

Ik herkende die kleren. We hadden ze samen gekocht en daar hingen ze zonder kaartjes, verfrommeld en overduidelijk gebruikt.

'Wat bedoel je, Ernesto?' vroeg ik zachtjes.

Zijn bewegingen werden trager, zijn spieren ontspanden zich en zijn blik was op de grond gericht.

'Deze kleren koop ik voor mezelf. Ik trek ze aan... en ik werk erin.'

Ook ik onthield me van enig commentaar, eigenlijk dacht ik helemaal niets. Na een poosje doemden in mijn hoofd veel vragen op: *Je werkt erin? Waar werk je? Waarom?*

Hij begon zelf te praten, zonder dat ik ook maar iets vroeg.

'Ik vind het leuk me als een vrouw te kleden. Ik ben daar een paar jaar geleden mee begonnen. Ik sluit me op in mijn kamer, zet een videocamera op de tafel en kleed me om. Ik vind het leuk, ik voel me er goed bij. Daarna bekijk ik mezelf op de film en... eh... dan raak ik opgewonden... Soms toon ik me zo aan iemand die erom vraagt.' Zijn gezicht kleurde spontaan knalrood.

Stilte. Alleen het geluid van de regen, die uit de hemel naar beneden viel als dunne stalen draden die ons insloten.

'Prostitueer je jezelf?' vroeg ik hem direct op de man af.

Hij knikte bevestigend en sloeg beide handen direct voor zijn gezicht.

'Meli, geloof me, ik doe het alleen met mijn mond, niet meer dan dat. Sommigen vragen of ze me ook van achteren mogen nemen, maar ik zweer je dat ik dat nooit doe... Ik doe het om mijn studie te betalen, weet je. Mijn ouders kunnen het zich niet veroorloven...' Hij wilde doorpraten, andere verontschuldigingen zoeken. Maar ik wist dat hij het fijn vindt.

'Ik veroordeel je niet, Ernesto,' zei ik na een poosje terwijl ik aandachtig het raam bestudeerde waarop regendruppels nerveus glinsterden.

'Zie je... ieder kiest zijn eigen leven, dat heb je zelf zojuist gezegd. Soms kunnen ook de verkeerde wegen juist zijn, of omgekeerd. Het belangrijkste is dat we onszelf trouw blijven en onze dromen volgen, want alleen als we daarin slagen, kunnen we zeggen dat we een goede keuze hebben gemaakt. Ik zou graag willen weten waarom je het doet... echt.' Ik was hypocriet, ik weet het.

Hij keek me aan met een zachte blik in zijn ogen, en vol vragen. Vervolgens vroeg hij aan mij: 'Waarom doe jij het?'

Ik antwoordde niet, maar mijn stilte was veelzeggend. Mijn geweten schreeuwde zo hard dat ik, om 't in toom te houden, spontaan en zonder schroom vroeg: 'Waarom kleed je je niet om voor mij?'

'Waarom vraag je dat?'

Ik wist het eigenlijk zelf niet.

Een beetje verlegen zei ik zachtjes: 'Omdat het mooi is om twee identiteiten in één lichaam te zien: een man en een vrouw in hetzelfde lijf. Nog een geheim: ik vind het opwindend. Behoorlijk opwindend. En verder, sorry... is het iets wat we beiden prettig vinden, niemand dwingt ons het te doen. Iets fijns kan niet verkeerd zijn, toch?'

Ik zag zijn zaakje in zijn broek in beroering komen. Hij probeerde het te verbergen.

'Ik doe het,' zei hij droog. Hij pakte een jurk en een T-shirt, dat hij me toewierp. 'Sorry, ik was vergeten om dat voor je te pakken. Trek maar aan.'

'Maar dan moet ik me uitkleden,' zei ik.

'Schaam je je daarvoor?'

'Nee, stel je voor,' antwoordde ik.

Ik kleedde me uit en zijn opwinding groeide bij het zien van mijn naaktheid. Ik trok het grote roze shirt over mijn hoofd waarop stond geschreven: BYE-BYE BABY. Een knipogende Marilyn keek toe hoe mijn vriend zich omkleedde, in een soort van gesublimeerd, extatisch ritueel. Hij stond met zijn rug naar me toe, ik kon alleen zijn bewegingen zien en de lijn van de tanga die zijn vierkante billen scheidde. Toen keerde hij zich om: in een korte, zwarte minirok, met netkousen, heel hoge laarzen, een goudkleurig topje en een opgevulde beha. Zo toonde een vriend zich aan me die ik alleen Lacoste en Levi's had zien dragen. Mijn opwinding was niet zichtbaar, maar was er wel.

Uit de krappe tanga piepte probleemloos zijn zaakje. Hij verplaatste het en begon erover te wrijven.

Ik ben op het bankbed gaan liggen en bekeek hem aandachtig, alsof ik een theatervoorstelling bijwoonde. Ik had zin om mezelf te bevredigen, zelfs om bezit te nemen van dat lichaam. Ik stond versteld van de bijna mannelijke koelheid waarmee ik hem bekeek terwijl hij masturbeerde. Zijn gezicht stond verwilderd, kleine zweetdruppeltjes parelden over zijn voorhoofd. Ik genoot zonder penetratie, zonder liefkozingen, alleen in mijn geest, in mezelf.

Hij bereikte daarentegen duidelijk hoorbaar zijn climax. Ik zag het eruit gutsen en ik hoorde zijn gekreun, dat stopte toen hij zijn ogen opendeed.

Hij kwam naast me op het bed liggen, we omhelsden elkaar en vielen in slaap, een knipogende Marilyn tegen de goudkleurige top van Ernesto gedrukt.

3 januari 2002
2.30 's ochtends

Opnieuw in de woning annex het museum, met dezelfde personen. Deze keer speelden we dat ik aarde was en zij wormen die erin wroetten. Vijf verschillende wormen groeven zich een weg door mijn lichaam en eenmaal thuis was de grond ineengestort en bros. Een oude, vergeelde onderrok van mijn oma hing in mijn kast. Ik trok hem aan. Ik rook de geur van de wasverzachter en een tijd die voorgoed is verstreken, die zich mengden met het absurde heden. Ik schudde mijn haar los over mijn schouders, die beschermd werden door dat troostrijke verleden. Ik liet het los hangen, rook eraan en ben naar bed gegaan met een glimlach op mijn mond die spoedig veranderde in zacht gehuil.

9 januari 2002

In Ernesto's huis zijn niet veel geheimen. Ik heb hem bekend dat ik door datgene wat was gebeurd het verlangen was gaan koesteren om twee mannen elkaar te zien penetreren. Ik wil twee mannen echt zien neuken. Ze zien neuken zoals ik tot dan toe was geneukt, met hetzelfde geweld, dezelfde wreedheid.

Het lukt me niet mezelf in te houden, ik ga razendsnel als een tak die zich door de stroming van een rivier laat meesleuren. Ik leer 'nee' tegen anderen te zeggen en 'ja' tegen mezelf, om het diepst verborgen deel in me naar buiten te laten komen en te laten botsen met de omringende wereld. Ik leer.

'Je bent een en al ontdekking, Melissa. Hoe moet ik dat zeggen... een vat vol fantasieën en verbeelding,' zei hij met een schorre stem van de slaap waaruit hij net is ontwaakt.

'Ik zweer het je, Ernesto. Ik zou er zelfs voor willen betalen,' zei ik hem terwijl ik hem nog steeds omhelsde.

'Nou?' vroeg ik ongeduldig na een korte stilte.

'Wat nou?'

'Jij komt uit eh... dat wereldje... Ken je niet iemand die het goed vindt als er wordt toegekeken?'

'Hè, toe zeg, wat haal je in je hoofd? Kun je het niet gewoon houden bij normale dingen?'

'Nog even afgezien van dat "het gewoon houden bij" niet echt op mij van toepassing is, wat versta je eigenlijk onder normale dingen?' vroeg ik hem.

'Dingen die bij een zestienjarige passen, Meli. Jij een meisje, hij een jongen. Liefde en sex in balans.'

'Mmm, volgens mij is dat pas echt pervers!' zei ik hysterisch. 'Dat betekent een afgevlakt leven: zaterdagavond op Piazza Teatro Massimo, zondagochtend ontbijten op het strand, sex in het weekend, een goed contact met de ouders et cetera et cetera... Dan blijf ik nog liever alleen!'

Nog steeds stilte.

'Zo ben ik nu eenmaal, ik zou met niemand willen ruilen. En kijk en hoor nou eens wie het zegt!' schreeuwde ik hem lachend toe.

Hij lachte en streelde mijn hoofd.

'Kleintje, ik geef om je, ik zou niet willen dat je iets naars overkwam.'

'Dat gebeurt juist als ik niet doe wat ik wil. En ik mag jou ook graag.'

Hij vertelde over twee jongens, laatstejaars rechtenstudenten. Ik zie ze morgen, na school komen ze me ophalen in Villa Bellini, voor de fontein waarin zwanen zwemmen.

Ik zal mijn moeder bellen om haar te vertellen dat ik de hele middag weg ben voor een theatercursus.

10 januari 2002
15.45 uur

'Jullie vrouwen zijn gestoord! Toekijken hoe twee mannen met elkaar neuken... tss!' zei Germano achter het stuur. Hij had heel grote zwarte ogen. Zijn volle, goed gevormde gezicht omlijst met prachtige, zwarte krullen maakte hem, afgezien van zijn lichte huidskleur, tot een krachtige, trotse Afrikaanse jongen. Lang en fier zat hij in de bestuurdersstoel als de koning van het woud, met zijn ranke vingers om het stuur geklemd. Een stalen ring met stamtekens stak af tegen de blanke teint en de ongelooflijke zachtheid van zijn hand.

Met een zacht, vriendelijk stemmetje antwoordde de andere jongen, met dunne lippen, in mijn plaats: 'Laat haar toch, je ziet toch dat ze nieuw is? Ze is ook nog heel jong, kijk wat een mooi gezichtje ze heeft, zo teder. Weet je het zeker, kleintje, dat je dit wilt?'

Ik knikte bevestigend.

Ik heb begrepen dat de twee jongens akkoord zijn gegaan met deze ontmoeting omdat ze bij Ernesto in het krijt stonden, al weet ik niet waarvoor. In elk geval irriteerde deze situatie Germano en als het aan hem had gelegen, had hij me aan de kant van de verlaten weg achtergelaten die we waren ingereden. Toch straalden zijn ogen door een onbekend enthousiasme. Die subtiele sensatie ervoer ik verscheidene keren. Onderweg hield de stilte ons gezelschap. We reden over de plattelandswegen naar het huis van Gianmaria, de enige plaats waar we door niemand zouden worden gestoord. Het was een oud huis, opgetrokken uit steen en omgeven door olijfbomen en sparren. In de verte lagen uitgestrekte wijngaarden, die er in dit jaargetijde doods bijlagen. Er stond een harde wind en toen Gianmaria uitstapte om het enorme ijzeren hek te openen, werden tientallen bladeren de auto ingeblazen en belandden op mijn hoofd. Het was snerpend koud en er hing een typische lucht van natte grond en gebladerte dat al een tijdlang onder water lag weg te rotten. Ik hield mijn tasje in mijn hand en stond rechtop op mijn hoge laarzen, met mijn armen om me heen geslagen vanwege de kou. Het puntje van mijn neus was bevroren, en mijn wangen waren stijf en verdoofd. We bereikten de voordeur, waar de kinderen tijdens hun zomerse spelletjes hun naam in het hout hadden gekerfd, een teken van hun reis door de tijd. Ook de namen van Germano en Gianmaria stonden er... Ik moet ervandoor, dagboek, mijn moeder heeft de deur opengezwaaid en me gezegd dat ik met haar mee moet naar mijn tante (ze heeft een heup gebroken en ligt in het ziekenhuis).

11 januari 2002

Vannacht heb ik gedroomd.

Ik stap uit het vliegtuig, de hemel van Milaan toont me een verontwaardigd, vijandig gezicht. De ijzige, plakkerige kou brengt mijn frisse haar in de war en maakt het zwaar. In het grauwe licht oogt mijn gezicht kleurloos en lijken mijn ogen leeg. De omringende oplichtende nevels geven me een nog vreemdere uitstraling.

Mijn handen zijn koud en wit, als van een dode. Ik kom in de vluchthaven en bekijk mezelf in een ruit: ik zie mijn magere, kleurloze gezicht, mijn heel lange haren vreselijk in de war, mijn lippen zijn stijf op elkaar geklemd, hermetisch afgesloten. Ik voel een vreemde, onverklaarbare opwinding.

Daarna zie ik mezelf precies zo terug, maar dan ergens anders. In plaats van in de luchthaven en in de merkkleding die ik gewoonlijk draag, bevind ik me vreemd genoeg in een donkere, stinkende cel waarin amper licht doordringt, zodat ik niet eens kan zien hoe mijn kleren eruitzien, hoe ik eraan toe ben. Ik huil, ik ben alleen. Buiten moet het nacht zijn. Aan het einde van de gang ontwaar ik een flikkerend, maar intens licht. Geen enkel geluid. Het licht in de gang komt dichterbij. Het komt steeds dichterbij en doet me schrikken, omdat ik geen enkele stap hoor. De man die komt aanlopen, beweegt zich uiterst behoedzaam voort. Hij is lang en krachtig.

Hij leunt met beide handen op de tralies en terwijl ik mijn gezicht afdroog, sta ik op en loop naar hem toe. Het licht van de toorts beschijnt zijn gezicht en geeft hem een duivelse uitstraling. De rest van zijn lichaam kan ik niet zien. Ik zie zijn grote, hongerige ogen die een onbestemde kleur hebben, en twee grote, halfgeopende lippen die een rij smetteloos witte tanden laten zien. Hij brengt een vinger naar zijn mond waarmee hij te kennen geeft dat ik moet zwijgen. Ik blijf zijn gezicht van dichtbij bekijken en het valt me op hoe boeiend, mysterieus en prachtig het is. Er gaat een enorme schok door me heen wanneer hij zijn perfect gevormde vingers op mijn lippen legt en een draaiende beweging maakt. Hij doet het zacht, mijn lippen zijn nu vochtig, en bijna als vanzelf loop ik nog dichter naar de tralies toe en duw er mijn gezicht tegenaan. Zijn ogen beginnen te glinsteren, maar zijn kalmte is volmaakt en tijdloos. Zijn vingers gaan mijn mondholte in en door mijn speeksel glijden ze gemakkelijker naar binnen.

Dan trekt hij ze uit mijn mond en rukt met behulp van zijn andere hand mijn versleten bovenkleding af, zodat mijn ronde borsten te zien zijn. De tepels zijn hard door de kou die door het raampje naar binnen komt en bij de aanraking door zijn natte vingers worden ze nog harder. Hij zet zijn lippen aan mijn borsten en snuift er eerst aan en begint ze daarna te kussen. Ik buig mijn hoofd naar achteren van genot, maar mijn bovenlijf blijft onbeweeglijk en geeft zich alleen op zijn verzoek... Hij stopt, bekijkt me en lacht. Met één hand tast hij tussen zijn kleren. Toen ik dichterbij kwam, zag ik dat het de kleren waren van een clericus.

Er klinkt sleutelgerinkel en het geluid van een deur die langzaam van het slot wordt gedraaid. Hij is binnen. Met mij. Hij gaat door met de kleren van mijn lichaam te rukken en ontbloot eerst mijn buik en daarna meer naar beneden mijn warmste plek. Langzaam laat hij me op de grond gaan liggen. Hij steekt zijn hoofd en zijn tong tussen mijn benen. Nu ik het niet meer koud heb, krijg ik zin om mezelf te voelen, mezelf gewaar te worden door middel van hem. Ik trek hem naar me toe en voel de opwinding. Ik tast onder de tunica en voel zijn prachtige lid omhooggaan onder mijn hand die hem steeds harder wrijft... Zijn penis probeert aan de tunica te ontsnappen en ik help de zwarte mantel optillen.

Hij gaat bij me naar binnen, onze vloeistoffen ontmoeten elkaar en hij glijdt door me heen als een mes door zachte boter maar zonder me pijn te doen. Dan trekt hij zijn lid terug en gaat in een hoek zitten. Ik laat hem even wachten en loop dan op hem af. Hij dompelt hem weer onder in mijn schuimende strand. Er zijn maar weinig korte, krachtige en onverwachte stoten voor nodig om mij een oneindig genot te verschaffen. We zijn eenstemmig. Hij hervindt zijn zelfbeheersing en laat mij achter, en ik huil nog erger dan ik daarvoor deed.

Dan doe ik mijn ogen open en bevind ik me opnieuw in de luchthaven. Ik aanschouw mijn gezicht.

Een droom in een droom. Een droom die een weerklank is van wat gisteren is gebeurd. Zijn ogen waren de ogen van Germano. Het vuur van de haard verlichtte hem, deed zijn ogen fonkelen. Gianmaria was binnengekomen met twee grote houtblokken en een paar takken. Hij legde ze in de open haard, die licht begon te werpen op de omgeving en deze aangenamer maakte. Een onbekende, troostrijke gloed trok door me heen. Wat ik aanschouwde, veroorzaakte geen enkel gevoel van walging of schaamte, integendeel. Het was alsof mijn ogen gewend waren aan taferelen als deze, en de hartstocht, die al die tijd tegen mijn huid bonkte, werd bevrijd en raakte het gezicht van die twee jongens, die tegen hun wil aan mij waren overgeleverd. Ik zag de een zich in de ander steken. Ik zat op de stoel naast de open haard, zij lagen op de bank voor me en keken elkaar aan en betasten elkaar verliefd. Iedere kreun was een 'Ik hou van je' tegen de ander en iedere verwoestende, pijnlijke stoot die ik in mijn ingewanden voelde, was voor hen een zuivere liefkozing. Ik wilde ook deel uitmaken van die onbegrepen intimiteit, van hun liefdevolle, tedere samenzijn, maar ik heb het niet voorgesteld en hen alleen bekeken, zoals we hadden afgesproken. Ik was naakt in mijn lichaam en in mijn gedachten. Toen wierp Germano me een gelukzalige blik toe. Hij maakte zich los en tot mijn grote verbazing knielde hij voor me neer en bewoog langzaam mijn dijen uit elkaar. Hij wachtte op een teken van mij alvorens hij dat universum in dook. Het lukte hem even, maar toen werd hij opnieuw zichzelf, de wrede, onverzoenlijke Afrikaanse koning. Hij nam mijn plaats in. Hij pakte me bij mijn haren en duwde me in de richting van zijn lid. Precies op dat moment ontmoette ik zijn ogen. In dat ogenblik begreep ik dat zijn harstocht niet anders was dan de mijne: ze gingen hand in hand, eerst kwamen ze met elkaar in botsing, daarna versmolten ze.

Daarna vielen zij omarmd op de bank in slaap, terwijl ik hen, met een gloeiende huid door de rode vlammen uit de haard, bleef bekijken, alleen.

24 januari 2002

De winter valt me zwaar, in alle opzichten. De dagen zijn zo eentonig dat ik de sleur niet meer verdraag. De wekker gaat vreselijk vroeg af. School, ruzie met de leraren, naar huis, huiswerk maken tot laat in de avond, een of ander dom tv-programma kijken, als ik mijn ogen nog open kan houden, lezen en dan slapen. Dag in, dag uit verstrijkt zo de tijd, afgezien van enkele telefoontjes van de verwaande engel en zijn duivels. In dat geval kleed ik me zo mooi mogelijk aan, ik leg de kleren van de keurige leerlinge af en trek vrouwelijke kleren aan om de mannen het hoofd op hol te brengen. Ik ben ze dankbaar omdat ze me de mogelijkheid geven te ontsnappen aan die grauwe sleur en iemand anders te zijn.

Wanneer ik thuis ben, ga ik internet op. Ik zoek, surf. Ik ga op zoek naar alles wat me opwindt en me tegelijkertijd pijn doet. Ik zoek de opwinding die voortkomt uit vernedering. Ik zoek de vernietiging. Ik zoek de meest bizarre types op, die mij sadomasochistische foto's opsturen, die me als een echte hoer behandelen. Die zich willen ontladen. Hun woede, sperma, angst, schrikbeelden. Ik ben niet anders dan zij. Mijn ogen vangen een ziekelijk licht op, mijn hart bonkt als een bezetene. Ik geloof (of beeld ik me dat in?) dat ik in het internetlabyrint iemand zal vinden die in staat is van me te houden. Het maakt niet uit wie het is: een man, een vrouw, een oudere man, een jongen, getrouwd, single, gay, transsexueel. Allemaal.

Gisternacht ben ik naar een chatroom voor lesbiennes gesurft. Het doen met een vrouw. Ik ben niet helemaal afkerig van dit idee. Het brengt me eerder in verlegenheid, beangstigt me. Sommigen zochten contact, maar ik heb het meteen laten afweten, nog voordat ik hun foto's had gezien.

Vanochtend vond ik een e-mail op mijn adres van een meisje van twintig. Ze zegt dat ze Letizia heet en ook uit Catania komt. De mail vertelt niet veel, vermeldt alleen haar naam, haar leeftijd en haar telefoonnummer.

1 februari 2002
19.30 uur

Ze hebben me een rol aangeboden in het schooltoneelstuk.
Eindelijk zal ik mijn dagen met iets leuks doorbrengen. Over ongeveer een maand wordt het opgevoerd, in een theater in het centrum.

5 februari 2002
22.00 uur

Ik heb haar gebeld, ze heeft een beetje een schelle stem. Haar houding is opgewekt, nonchalant, in tegenstelling tot mijn melancholieke, zwaarmoedige houding. Na een poosje kwam ik los, heb ik gelachen. Ik had helemaal geen zin om iets te horen over haar leven. Ik was alleen benieuwd naar haar lichaam. Ik vroeg haar: 'Letizia... heb je niet toevallig een foto die je me kunt opsturen?'
Ze lachte luidruchtig en riep uit: 'Zeker! Doe je pc aan, dan stuur ik je die op terwijl we aan de telefoon zitten.'
'Oké!' zei ik tevreden.
Mooi, ongelooflijk mooi. En naakt. Knipogend, sensueel, ondeugend.

Ik stamelde: 'Ben jij dat echt?'

'Absoluut! Geloof je het niet?'

'Ja, ik geloof je wel... je bent ... heel mooi,' zei ik verbijsterd (en volledig uit het veld geslagen) door de foto en mijn vervoering. Ik hou niet van vrouwen... Ik draai me niet om wanneer een mooie vrouw voorbijloopt, ik word niet koud of warm van een vrouwenlichaam en ik heb er nooit serieus over gedacht om een relatie te hebben met een vrouw. Maar Letizia heeft een engelachtig gezicht en mooie, gevulde lippen. Onder haar buik zag ik een lief eilandje om aan te leggen: weelderig, geurig en sensueel. En dan haar borsten, twee zacht glooiende heuvels met op de top twee grote, roze cirkels.

'En jij?' vroeg ze me. 'Heb jij een foto die je me op kunt sturen?'

'Ja,' antwoordde ik haar, 'wacht even.'

Ik koos een willekeurige foto die in het geheugen van mijn computer was opgeslagen.

'Je lijkt een engeltje,' zei Letizia. 'Je bent enig.'

'Tja, ik lijk een engel... Maar ik ben het niet echt,' zei ik gekscherend.

'Melissa, ik wil je leren kennen.'

'Ik jou ook,' antwoordde ik.

Daarna hebben we opgehangen en heeft ze me een sms gestuurd: 'Ik zou je hartstochtelijk kussen in je hals en je met mijn hand onderzoeken.'

Ik deed mijn slip opzij, liet me onder de dekens glijden en maakte een eind aan de zoete marteling die Letizia zonder het te weten begonnen was.

7 februari 2002

Vandaag heb ik bij Ernesto thuis Gianmaria weer gezien.
Hij was erg blij en gaf me een dikke knuffel. Hij zei dat
dank zij mij de dingen veranderd waren tussen Germano
en hem. Hij vertelde niet wat voor dingen dat waren en ik
heb het hem niet gevraagd. Toch blijf ik in het duister tas-
ten over de reden die Germano ertoe bracht zich die avond
zo te gedragen. Het heeft duidelijk met mij te maken.
Maar hoe? Waarom? Ik ben gewoon mezelf gebleven.

8 februari
13.18 uur

Nieuwe zoektochten, waaraan nooit een einde zal komen
als ik niet vind wat ik wil. Maar eigenlijk weet ik niet wat
ik wil. Blijf zoeken, Melissa, blijf vooral zoeken.

Ik ben de chatroom 'Perverse sex' binnengegaan onder
de schuilnaam 'hoer'. Ik las de verschillende voorkeuren
van de afzenders, typte wat gegevens in die me interes-
seerden. Hij zocht onmiddellijk contact, 'de slachter'. Hij
was heel direct, expliciet en opdringerig, precies wat ik
wilde.

'Hoe word je graag geneukt?' opende hij.

Ik antwoordde: 'Graag op een wrede manier, ik wil als
een ding worden behandeld.'

'Wil je dat ik je als een ding behandel?'

'Ik wil niets. Doe wat je moet doen.'

'Je bent mijn hoer, weet je dat?'

'Ik kan moeilijk van iemand zijn, ik behoor mezelf niet eens toe.'

Hij begon me uit de doeken te doen hoe en waar hij zijn lul zou hebben gestoken, hoelang ik hem in me zou voelen en hoe ik ervan zou genieten.'

Ik merkte dat de woorden die naar me werden gestuurd, steeds sneller begonnen te stromen. Mijn maag kromp samen en in me bonkten een leven en een verlangen die zo verleidelijk waren dat ik niet anders kon dan daaraan toegeven. Die woorden waren sirenengezang en ik heb me er hoewel het pijn deed bewust voor opengesteld.

Pas nadat hij me had meegedeeld dat hij was klaargekomen, vroeg hij hoe oud ik was.

'Zestien,' schreef ik hem.

Hij stuurde me een lange rij emoticons van verbazing en daarna een glimlach. Gevolgd door: 'Krijg nou wat! Goed gedaan!'

'Wat dan?'

'Je bent al zo ervaren.'

'Ja.'

'Ik geloof het niet.'

'Wat moet ik daarop zeggen? Trouwens, wat maakt het uit om dat te weten, we zullen elkaar toch nooit ontmoeten. Je komt niet uit Catania.'

'Hoezo?! Ik kom wel uit Catania.'

Verrek! Wat een pech dat ik uitgerekend door iemand uit Catania ben benaderd!

'Wat wil je van me?' vroeg ik terwijl ik het antwoord natuurlijk al wist.

'Met je neuken.'

'Dat heb je zojuist gedaan.'

'Nee,' nog een glimlach, 'in het echt.'

Ik dacht even na en toetste toen het nummer van mijn mobieltje in. Voordat ik het verzond, aarzelde ik even. Zijn 'dank je' deed me beseffen dat ik zojuist een stommiteit had begaan.

Ik weet niets van hem, alleen dat hij Fabrizio heet en vijfendertig jaar is.

We hebben over een half uur afgesproken in Corso Italia.

21.00 uur

Ik weet heel goed dat de duivel zich anders voordoet en zijn ware gedaante pas toont nadat hij je heeft veroverd. Eerst kijkt hij je met groene, stralende ogen aan, dan glimlacht hij goedhartig, geeft je een zacht kusje in je hals om je daarna te verslinden.

De man die voor me kwam staan, zag er elegant, maar niet echt knap uit. Hij was lang, robuust, had weinig, grijzend haar (zou hij echt vijfendertig zijn?), groene ogen en grijze tanden.

Bij die eerste aanblik was ik gefascineerd door hem, maar direct daarna schrok ik bij de gedachte dat dit dezelfde man was met wie ik zojuist had gechat. We liepen over schone trottoirs langs chique winkels met glinsterende etalages. Hij vertelde me over zichzelf, over zijn werk, zijn vrouw van wie hij nooit heeft gehouden, maar met wie hij is getrouwd omdat hij daar door de geboorte van zijn

79

dochtertje toe verplicht was. Hij heeft een mooie stem, maar een domme lach die me ergert.

Terwijl we liepen, sloeg hij een arm om mijn boven-lichaam. Ik glimlachte beleefd, maar ergerde me aan zijn opdringerigheid en was ongerust over wat zou volgen.

Ik had er gemakkelijk vandoor kunnen gaan, mijn scoo-ter kunnen pakken en terug kunnen gaan naar huis, om mijn moeder het deeg te zien bereiden voor de appeltaart, mijn zusje hardop te horen voorlezen, met de kat te spe-len... Ik kan het normale leven proeven en binnen die grenzen leven, stralen om een goed cijfer op school, verle-gen glimlachen wanneer iemand me een compliment maakt. Maar niets boeit me, alles is leeg en sleets, ijdel, zonder inhoud en smaak.

Ik volgde hem naar zijn auto, die ons direct naar een garage voerde. Het plafond was vochtig, dozen en gereed-schap vulden de ruimte, die al heel krap was.

Fabrizio kwam voorzichtig in me, hij ging zachtjes op me liggen en ik voelde gelukkig niet het gewicht van zijn lichaam boven op me. Hij wilde me zoenen, maar ik draai-de mijn hoofd om omdat ik dat niet wilde. Sinds Daniele zoent niemand me meer. De warmte van mijn zuchten be-waar ik voor mijn beeld in de spiegel en de zachtheid van mijn lippen is al te vaak beroerd door de duivels van de verwaande engel, zonder dat zij die trouwens hebben ge-voeld, daar ben ik zeker van. Dus draaide ik mijn hoofd om om de aanraking met zijn lippen te vermijden, zonder hem mijn afkeer te laten blijken. Ik deed het lijken alsof ik an-ders wilde liggen. De voorzichtigheid waarover ik me kort daarvoor nog had verbaasd, veranderde in brute wreedheid, hij gromde en riep hardop mijn naam terwijl zijn vingers de huid van mijn dijen betastten.

De situatie nam groteske vormen aan. Ik begreep niet waarom hij mijn naam riep, maar het leek me gênant om geen gehoor te geven aan zijn geroep en dus zei ik sussend: 'Ik ben hier,' waarna hij iets rustiger werd.

'Laat me in je komen, toe, alsjeblieft, laat me in je klaarkomen,' zei hij verward door het genot.

'Nee, dat mag je niet.'

Hij trok zich met een ruk terug, riep nog harder mijn naam tot deze niet meer dan een zwakke echo was, slaakte tot slot een diepe zucht. Nog niet tevreden ging hij vervolgens opnieuw op me liggen. Hij schoof naar beneden, nog een keer voelde ik hem in me. Zijn tong betastte me haastig, respectloos. Mijn genot kwam niet en het zijne kwam weer terug.

'Je hebt grote, smeuïge schaamlippen om in te bijten. Waarom scheer je je niet? Dan zou je mooier zijn.'

Ik antwoordde niet, wat ik met mijn schaamlippen doe gaat hem niet aan.

Het lawaai van een auto deed ons opschrikken, we kleedden ons haastig aan en verlieten de garage. Hij streelde mijn kin en zei: 'De volgende keer, kleintje, doen we het meer op ons gemak.'

Ik stapte uit de auto, waarvan de ruiten beslagen waren, en iedereen op straat kon mijn ongekamde, verwarde haren zien en de bestuurder van de auto die grijzend haar had en een verfrommelde stropdas.

Op school gaat het niet zo goed. Misschien ligt het aan mij, en ben ik lui en kom ik tot niets, misschien zijn het de leraren die te rigide, te onverbiddelijk zijn... Misschien heb ik een te idealistisch beeld van school en het onderwijs in het algemeen, maar ik vind de realiteit zeer teleurstellend. Ik haat wiskunde! Dat een mening er niet toe doet, ergert me. En dan die idiote leraar die me steeds voor stom wicht uitmaakt zonder ook maar iets uit te leggen! In het *Marktje* heb ik gezocht naar advertenties van privé-leraren en vond een paar interessante. Er was er maar één beschikbaar. Een man, met een nogal jonge stem, we zien elkaar morgen om afspraken te maken.

Letizia bonkt van 's ochtends vroeg tot 's avonds laat door mijn hoofd, ik weet niet wat me overkomt. Soms lijkt het net of ik overal voor opensta.

22.40 uur

Fabrizio belde me, we hebben lang met elkaar gepraat. Op het laatst vroeg hij me of ik geschikte plekken wist waar we het konden doen. Ik antwoordde dat dat niet zo was.

'Nou, dan is het tijd dat ik je een mooi cadeau geef,' zei hij.

Hij deed de deur voor me open, gekleed in een wit hemd en een zwarte boxershort, met nat haar en een lichtgewicht brilletje. Ik beet op mijn lippen en groette hem. Hij glimlachte bij wijze van groet en toen hij zei: 'Melissa, maak het jezelf gemakkelijk,' voelde ik dezelfde sensatie als toen ik als klein meisje een uur lang melk, sinaasappels, chocolade, koffie en aardbeien door elkaar roerde. Hij schreeuwde tegen iemand in een ander vertrek dat hij met me naar zijn kamer ging. Hij deed de deur open en voor de eerste keer kwam ik binnen in een slaapkamer van een normale man: geen pornofoto's, geen achterlijke trofeeën, geen rotzooi. De muren waren behangen met oude foto's, posters van oude heavy metalbands en impressionistische reproducties. Een bijzondere, verleidelijke geur maakte me dronken.

Hij verontschuldigde zich niet voor zijn tamelijk informele kleding en ik vond het vermakelijk dat hij dat niet deed. Hij nodigde me uit om op het bed plaats te nemen en pakte zelf een bureaustoel, die hij voor me neerzette. Ik was een beetje in verlegenheid gebracht... godver! Ik verwachtte een saaie professor in een kanariegele trui met een v-hals, met geverfd haar in dezelfde kleur als zijn trui op zijn kalende hoofd. Voor me zat een boeiende bruine jongeman, die heerlijk rook. Ik had mijn jas nog niet uitgetrokken of hij zei met een lach: 'Ik eet je heus niet op als je die uitdoet, hoor!'

Ik moest ook lachen, teleurgesteld dat hij me niet zou opeten. Ik had zijn schoenen nog niet opgemerkt: gelukkig droeg hij geen witte sokken, ik zag alleen een dunne enkel en een verzorgde bruine voet die rondjes draaide terwijl we zijn tarief, het programma en de lesuren bespraken.

'We moeten heel veel opnieuw doornemen,' zei ik.

'Maak je niet ongerust, ik zal beginnen bij de tafel van twee,' antwoordde hij met een knipoog.

Ik zat op de rand van het bed, met mijn ene been over het andere en mijn hand om het onderste been geslagen.

'Wat zit jij leuk,' onderbrak hij me terwijl ik hem over mijn wiskundeleraar vertelde.

Ik beet opnieuw op mijn lip en snoof als wilde ik hem zeggen: 'Vooruit, toe, wat zeg je nu...'

'O, ik ben nog iets vergeten. Ik heet Valerio, noem me geen leraar, want dan voel ik me zo oud,' zei hij met een quasi dreigende opgeheven vinger van onderwerp veranderend.

Ik aarzelde even. Na zo veel grapjes van zijn kant moest ik er ook wel een maken.

Ik schraapte mijn keel en zei zachtjes: 'Maar wat als ik je nu per se professor wil noemen?'

Deze keer beet hij op zijn lip, schudde vervolgens zijn hoofd en vroeg: 'Waarom zou je dat willen?'

Ik haalde mijn schouders op en na een korte stilte antwoordde ik: 'Omdat dat mooier klinkt, toch, professor?'

'Noem me maar zoals je wilt, maar kijk me niet zo aan,' zei hij zichtbaar in verwarring gebracht.

Daar ging ik weer, steeds hetzelfde liedje. Ik kan er niets aan doen, ik kan het niet laten de persoon vóór me uit te dagen. Ik vind hem leuk. Ik raak hem met elk woord en elke stilte, ik voel me er goed bij. Het is een spel.

18 februari
20.35 uur

In de keuken zijn ze al aan het eten. Ik heb me even terug-
getrokken om te schrijven, omdat ik goed tot me door wil
laten dringen wat er is gebeurd.

Vandaag kreeg ik mijn eerste les van Valerio. Door hem
begin ik er iets van te begrijpen, het komt vast door zijn
mooie schouders of zijn ranke, elegante hand, die de
schrijvende pen vasthoudt. Ik ben erin geslaagd een paar
opdrachten te maken, hoewel het me wel moeite kostte.
Hij was heel serieus, professioneel, en dat maakte hem nog
aantrekkelijker. Hij heeft me in zijn greep. De blikken die
hij me toewierp waren vol bewondering. Toch probeerde
hij een zekere afstand tussen ons te bewaren en liet hij zich
niet afleiden door mijn ondeugendheid.

Ik had voor de gelegenheid een strak rokje aangetrokken, ik wilde hem schaamteloos verleiden. Toen ik opstond
om naar de deur te lopen, kwam hij dicht achter me lopen.
Voor de grap ging ik afwisselend snel en langzaam lopen,
om hem dichterbij te laten komen en meteen weer afstand
te scheppen.

Terwijl ik op het liftknopje drukte, voelde ik zijn adem
in mijn hals en fluisterend zei hij: 'Zorg dat je morgen-
avond tussen tien en kwart over tien telefonisch bereikbaar
bent.'

19 februari 2002
22.30 uur

Twee nieuwtjes (zoals gewoonlijk één goed en één slecht).

Fabrizio heeft een klein appartement in het centrum gekocht waar we elkaar kunnen ontmoeten zonder door onze families te worden gesnapt.

Vrolijk riep hij door de telefoon: 'Ik heb een gigantisch scherm tegenover het bed laten ophangen, zodat we wat filmpjes kunnen kijken, kleintje. En vanzelfsprekend krijg jij ook de sleutels. Een dikke kus op je mooie gezichtje. Ciao, ciao.' Dit is het slechte nieuws.

Hij liet me geen tijd om te antwoorden, om hem mijn verbazing, mijn twijfels kenbaar te maken. Het lijkt me nogal overhaast wat hij deed. Het was mijn bedoeling om één keer met hem naar bed te gaan en daarna: bedankt en tot ziens. Ik wil niet de minnares van een getrouwde man met een dochtertje worden! Ik wil hem niet, niet zijn appartement, niet het gigantische filmscherm voor porno-films. Ik wil niet dat hij mijn onnadenkendheid op dezelfde manier koopt als zijn hightech spulletjes. Met Daniele en de verwaande engel heb ik genoeg geleden en net nu ik mijn eigen leven begin te leiden, komt er een dikke, dasdragende reus die me vertelt dat hij een serieuze sexuele relatie met me wil. Maar straffen hangen ons altijd boven het hoofd, de zwaarden worden in de aanslag gehouden... om ons volkomen onverwacht midden in de schedel te raken. Maar het zwaard zal hem zelf ook raken, want ik zal het heft weten te grijpen.

Nu het goede nieuws.

Stipt op het afgesproken moment ging de telefoon en het gesprek duurde precies een kwartier.

Ik zat naakt op de grond en mijn huid maakte contact met het koude marmer van de vloer in mijn kamer. Ik hield de telefoon in mijn hand en zijn stem, waar ik naar hunkerde, klonk vloeiend en sensueel. Hij vertelde me een van zijn fantasieën. Ik volgde in de klas een van zijn lessen. Op een bepaald ogenblik vroeg ik hem of ik naar het toilet mocht en terwijl ik dat deed, gaf ik hem een briefje waarop stond: 'Volg me.' Ik wachtte hem op in het toilet. Hij rukte de blouse van mijn lichaam en ving met zijn vingertoppen druppeltjes water op uit de dolgedraaide kraan. Hij bracht ze naar mijn borst, waar ze langzaam naar beneden sijpelden. Vervolgens trok hij mijn plooirokje omhoog en ging naar binnen, terwijl ik tegen de muur leunde en vanbinnen zijn genot opving. De druppeltjes sijpelden nog steeds langs mijn lichaam en lieten spoortjes vocht achter. We hervonden onze zelfbeheersing en keerden terug naar de klas, terwijl ik vanaf de eerste rij het krijt volgde, dat net over het schoolbord gleed als hij in mij.

We bevredigden onszelf aan de telefoon. Mijn geslacht was gezwollen als nooit tevoren en de Lethe stroomde volop door mijn Geheim. Mijn vingers waren doordrenkt van mezelf, maar ook van hem, die ik ondanks de afstand dichtbij voelde. Ik voelde zijn warmte, rook zijn geur en stelde me voor hoe hij smaakte. Om 22.15 uur zei hij: 'Welterusten, Loly.'

'Welterusten, professor.'

20 februari 2002

Er zijn dagen waarop ik niet weet of ik voorgoed zal ophouden met ademen of dat ik de tijd die mij rest mijn
adem zal inhouden. Dagen waarop ik onder de dekens
adem, mijn tranen inslik en hun smaak op mijn tong proef.
Ik word wakker in een bed dat overhoop is gehaald, met
verwarde haren en een geschonden huid. Naakt bekijk ik
mijn lichaam voor de spiegel. Ik zie een traan uit mijn oog
op mijn wang vallen, ik veeg hem met een vinger af en
krab daarbij met mijn nagel langs mijn wang. Ik strijk mijn
handen door mijn haren, houd ze naar achteren en maak
een grimas om sympathieker te lijken en om om mezelf te
kunnen lachen: het lukt me niet, ik heb zin om te huilen, ik
wil mezelf straffen. Ik loop naar de bovenste lade van mijn
ladekast. Ik bekijk eerst alles wat erin ligt, trek er vervolgens uit wat ik moet aandoen. Ik leg de kleren op bed en
draai de spiegel totdat ik mezelf vanaf de plek waar ik nu
ben er recht in kan zien. Ik bekijk nogmaals mijn lichaam.
Mijn spieren voelen nog gespannen, maar mijn huid is
zacht, glad en blank als die van een kind. Ik ben nog een
kind. Ik ga op de rand van het bed zitten, strek mijn tenen
en laat de dunne stof van de zelfophoudende kousen langs
mijn huid glijden totdat de kanten boord mijn dijbeen be-
reikt, en druk er licht op. Daarna volgt het zwartzijden
lijfje met veters en bandjes. Het omgordt mijn lichaam,
waardoor mijn taille, die al heel slank is, nog dunner lijkt
en mijn al te weelderige, ronde en romige dijen geaccentu-
eerd worden, om te voorkomen dat mannen daar hun bestialiteiten op uitleven. Mijn borsten zijn nog klein: ze zijn

stevig, blank en rond, ze passen in één hand die ze door hun gloed kunnen opwarmen. Het lijfje is strak, de borsten zijn samengedrukt en dicht bij elkaar. Het is nog geen tijd om mezelf te bekijken. Ik pak mijn schoenen met naaldhakken, laat er mijn voeten tot aan de ranke hiel in glijden en voel dat mijn één meter zestig plotseling tien centimeter groeit. Ik loop naar de badkamer, pak de rode lipstick en breng deze aan op mijn volle, zachte lippen. Daarna zet ik mijn wimpers aan met mascara, borstel mijn lange, steile haar en druk drie keer op de parfumverstuiver die boven de spiegel staat. Ik loop terug naar mijn kamer. Daar zie ik de persoon die mijn geest en mijn lichaam intens weet te stimuleren. Ik aanschouw mezelf in extase, mijn ogen glanzen, huilen bijna. Een speciaal licht geeft mijn lichaam iets extra's en mijn haren vallen zacht op mijn schouders en nodigen uit om erover te strijken. Bijna zonder dat ik me ervan bewust ben, glijdt mijn hand langzaam langs mijn haren naar beneden, naar mijn hals. Ze streelt de gevoelige huid en twee vingers volgen zachtjes drukkend de omtrek. Ik begin het nog bijna onhoorbare geluid van het genot te horen. Mijn hand gaat verder omlaag en begint de gladde borst te liefkozen. Het kind dat als vrouw verkleed voor me staat heeft twee stralende en begerige ogen (begerig naar wat? sex? liefde? het echte leven?). Het kind heeft alleen controle over haar eigen lichaam. Haar vingers dringen tussen de huid van haar geslacht naar binnen en de warmte doet het hoofd een beetje beven. Duizend-en-een gewaarwordingen maken zich van me meester.

'Je bent van mij,' fluister ik tegen mezelf en plotseling neemt de opwinding bezit van mijn verlangen.

Ik bijt met mijn mooie, witte tanden op mijn lippen, mijn verwarde haren doen mijn rug transpireren, kleine druppeltjes parelen op mijn lichaam.

Ik hijg, de zuchten nemen toe... Ik doe mijn ogen dicht, mijn lichaam schokt overal, mijn geest is vrij en vliegt. Mijn knieën knikken, mijn ademhaling stokt en mijn tong glijdt vermoeid langs mijn lippen. Ik doe mijn ogen open: ik glimlach naar het kind. Ik buig me naar de spiegel en geef haar een lange, intense kus. Mijn adem doet het glas beslaan.

Ik voel me alleen, in de steek gelaten. Ik voel me een planeet waar op dit moment drie verschillende sterren omheen draaien: Letizia, Fabrizio en de professor. Drie sterren die mij gezelschap houden in mijn gedachten, maar nooit in het echt.

21 februari

Mijn moeder is met me meegegaan naar de dierenarts om mijn kat te laten onderzoeken, die lijdt aan een lichte vorm van astma. Hij miauwde zachtjes, geschrokken van de gehandschoende handen van de arts. Ik aaide zijn kopje en sprak hem met lieve woordjes moed in.

In de auto vroeg mijn moeder hoe het op school en met de jongens gaat. Over beide zaken ben ik vaag gebleven. Liegen is nu de regel geworden, ik zou het raar vinden als ik het opeens niet meer hoefde te doen...

Ik vroeg haar of ze me naar de woning van de wiskundeleraar wilde brengen omdat ik les van hem zou krijgen.

'Mooi, dan kan ik kennis met hem maken!' zei ze enthousiast.

Ik antwoordde niet, omdat ik niet wilde dat ze argwaan zou krijgen. Bovendien was ik er zeker van dat Valerio verwachtte dat hij mijn moeder vandaag of morgen zou ontmoeten.

Gelukkig was hij deze keer serieuzer gekleed, maar toen mijn moeder me vroeg of ik haar naar de lift wilde brengen, zei ze tot mijn verbazing: 'Ik mag hem niet, hij heeft het gezicht van een verdorven mens.'

Ik maakte een achteloos gebaar en zei haar dat hij me toch alleen wiskundeles zou geven en dat we niet met elkaar hoefden te trouwen. Mijn moeder verstaat het talent mensen aan hun gezicht te herkennen en dat werkt op mijn zenuwen!

De deur was nog niet dicht of Valerio vroeg me mijn schrift te pakken en meteen te beginnen. Ons telefoongesprek kwam helemaal niet ter sprake, we hadden het alleen over derdemachtswortels, vierkantswortels, tweetallen... Zijn ogen verraadden helemaal niets en ik begon te twijfelen. Wat als hij me met zijn telefoontje alleen maar belachelijk had willen maken? Wat als hij helemaal niet in mij was geïnteresseerd, maar alleen uit was op telefoonsex? Ik verwachtte een teken, een gesprekje, maar niets van dat alles!

Maar toen hij me mijn schrift aanreikte, keek hij me aan alsof hij had geraden wat ik dacht en zei: 'Geen afspraken maken zaterdagavond. En kleed je niet aan voordat ik je heb gebeld.'

Ik keek hem verbouwereerd aan maar zei niets. Terwijl

ik een absurde onverschilligheid probeerde te veinzen, opende ik mijn schrift en zag wat hij tussen de x en y in kleine letters had geschreven:

Als een paradijs was mijn Lolita, een paradijs ondergedompeld in de vlammen
Prof. Hubert

Ik zei nog steeds niets, we groetten elkaar en hij herinner-de me nogmaals aan onze afspraak. Wie zou die nu kunnen vergeten...

22 februari

Om één uur werd ik gebeld door Letizia, die vroeg of ik met haar wilde lunchen. Ik heb 'ja' gezegd, ook omdat ik niet naar huis kon omdat om half vier de generale repeti-ties waren voor het toneelstuk. Ik had zin haar te ontmoe-ten, ik heb vaak aan haar gedacht voordat ik ging slapen.

In het echt was ze nog knapper, echter. Ik keek hoe haar zachte handen wijn inschonken en meteen daarna naar mijn eigen handen, die rood en droog als die van een aap waren door de kou die ik iedere ochtend op de scooter trotseer.

Ze praatte over van alles en nog wat, in een uur had ze haar hele twintigjarige geschiedenis verteld. Ze vertelde over haar familie, over haar moeder, die vroegtijdig was overleden, over haar vader, die naar Duitsland was ver-trokken, en over haar zus, die ze zelden zag omdat zij inmiddels was getrouwd. Ze vertelde me over haar leraren, haar school, de universiteit, haar hobby's, haar werk.

Ik bekeek haar wenkbrauwen en ik voelde een sterk verlangen om ze te kussen. Wat een rare dingen, wenkbrauwen! Die van Letizia bewegen tegelijkertijd met haar ogen en zijn zo prachtig dat je zin krijgt zoiets moois te kussen, vervolgens haar gezicht, haar wangen, haar mond... Ik verlang naar haar. Ik verlang naar haar warmte, haar huid, haar handen, haar hoofd, ik verlang ernaar haar eilandje te bezoeken met mijn adem, een feest voor haar te verzorgen in haar hele lichaam. Toch voel ik me duidelijk belemmerd, dit is nieuw voor mij en ik weet niet zeker of zij dezelfde verlangens koestert. Misschien doet ze dat, maar zal ik het nooit weten. Ze keek me aan en bevochtigde haar lippen. Haar blik was ironisch en ik voelde me overgeleverd. Niet aan haar, maar aan mijn grillen.

'Wil je met me naar bed, Melissa?' vroeg ze me terwijl ze aan haar wijn nipte.

Ik zette het glas op tafel, keek haar in verwarring aan en knikte bevestigend.

'Je moet het me leren...'

Me leren om te vrijen met een vrouw of om van iemand te houden? Misschien zijn deze twee dingen met elkaar in evenwicht.

23 februari
5.45 uur

Zaterdagnacht, of eigenlijk zondagochtend, want de nacht is al voorbij en het begint al licht te worden. Ik voel me gelukkig, ik voel grote euforie, die wordt gestild door gevoelens van gelukzaligheid, en een diepe, zoete rust die over me komt. Vannacht heb ik ontdekt dat je laten gaan met iemand die je leuk vindt en je zintuigen overrompelt, iets heiligs is. Op dat punt houdt sex op alleen maar sex te zijn en wordt liefde, wanneer ik de geur van de huid op zijn rug ruik, zijn sterke, zachte schouders liefkoos, zijn haren streel.

Ik was helemaal niet bezorgd, ik wist wat ik deed. Ik wist dat ik mijn ouders zou teleurstellen. Ik stond op het punt in de auto van een half onbekende zeventwintigjarige te stappen, een aantrekkelijke wiskundeleraar, iemand die mijn zintuigen in vuur en vlam zette. Ik wachtte buiten op hem, onder de imposante pijnboom, en zag zijn groene auto langzaam dichterbij komen met hem erin. Hij droeg een sjaal om zijn nek en de weerkaatsing van zijn brillenglazen raakte me. Anders dan hij me enkele dagen daarvoor had gezegd, heb ik niet gewacht tot hij me belde om me te bevelen wat ik moest aantrekken. Ik heb de lingerie uit de bovenste lade gepakt en aangedaan, en er een zwart jurkje over aangetrokken. Ik heb in de spiegel gekeken en een grimas getrokken en realiseerde me dat ik iets was vergeten. Ik stak mijn handen onder mijn rok en trok mijn slip uit. Daarna lachte ik en fluisterde zachtjes: 'Zo ben je perfect,' en gaf mezelf een handkus.

94

Toen ik naar buiten ging, voelde ik de kou onder mijn rok, de wind beroerde wild mijn naakte geslacht. Nadat ik in de auto was gestapt, bekeek de professor me met fonkelende, gebiologeerde ogen en zei: 'Je draagt niet wat ik je heb gevraagd aan te trekken.'

Ik draaide mijn hoofd om naar de straat vóór me en zei: 'Weet ik, ongehoorzaam zijn aan mijn leraren gaat me erg goed af.'

Hij gaf me een enigszins luidruchtige kus op mijn wang en we vertrokken naar een geheime bestemming.

Ik bleef met mijn vingers door mijn haren gaan, hij dacht misschien dat dat van de spanning was, maar het kwam alleen door de opwinding, de opwinding om hem daar direct zonder enig voorbehoud helemaal voor mezelf te hebben. Ik weet niet waarover we hebben gesproken tijdens de rit omdat ik vervuld was door de gedachte hem te bezitten. Ik keek naar hem terwijl hij stuurde. Ik vind zijn ogen leuk: ze hebben lange, zwarte wimpers, intrigerende, aantrekkelijke ogen. Ik merkte dat hij af en toe een steelse blik op me wierp, maar ik deed alsof ik dat niet zag. Ook dat is onderdeel van het spel. Daarna zijn we beland in het paradijs, of misschien de hel, dat hangt af van hoe je het bekijkt. Met zijn kleine, goedkope auto dwaalden we door verlaten, ongelooflijk smalle steegjes, waarvan ik dacht dat we daar onmogelijk door konden. We kwamen langs een vervallen kerk, bedekt met klimop en mos. Valerio zei: 'Kijk of je links een fontein ziet. Het is in het zijstraatje direct daarachter.'

Ik spiedde de straat af in de hoop dat we zo snel mogelijk de fontein vonden in dat duistere labyrint.

'Daar!' riep ik een beetje te hard.

Hij zette de motor uit voor een groene, verroeste deur en de koplampen beschenen de zinnen die erop waren geschreven. Mijn blik bleef steken op twee namen in een trillend hart: Valerio en Melissa.

Ik keek er verbijsterd naar en wees hem aan wat ik had gelezen.

Hij lachte en zei: 'Dat geloof ik niet!' Daarna draaide hij zich naar me toe en fluisterde: 'Zie je! Onze namen staan in de sterren geschreven.'

Ik begreep niet precies wat dat betekende, maar dat 'onze' stelde me gerust en gaf me het gevoel deel van een geheel te zijn, een geheel waarvan de twee delen gelijk waren, zoals de spiegel en ik.

Ik was bang voor dit paradijs, want het was er donker, steil en onbegaanbaar, vooral op laarzen met hoge hakken. Ik probeerde me zo veel mogelijk aan hem vast te houden. Ik wilde zijn warmte voelen. We vervolgden voortdurend struikelend over de stenen onze weg door heel smalle, donkere steegjes. Alleen de hemel was zichtbaar, die nacht bezaaid met duizenden sterren. De maan kwam en ging, spelend zoals ook wij deden. Ik weet niet waarom die plek me een macaber, duister gevoel gaf: ik dacht stom genoeg, of misschien was het legitiem om zo te denken, dat ergens in de nabijheid een zwarte mis werd gehouden en dat ik het slachtoffer was. Mannen met een kap over hun hoofd zouden me vastbinden op een tafel, ik zou omringd zijn door kaarsen en kandelaren. Daarna zouden ze me om beurten verkrachten en tot slot vermoorden met een dolk met een bochtig, scherp lemmet. Maar ik vertrouwde op hem, misschien kwamen die gedachten voort uit onwetendheid op dat magische moment. De steegjes, die mij angst inboezemden, voerden ons naar een open plek op een vooruitspringende rots in zee. Je kon de golven horen schuimen op de kust. Er waren gladde, grote witte rotsen: ik zag in mijn verbeelding meteen waarvoor ze konden dienen. Voordat we ze naderden, struikelden we voor de zoveelste keer. Hij trok me naar zich toe en bracht mijn gezicht dichter bij het zijne. Onze lippen raakten elkaar licht maar zonder te kussen, we snoven elkaars geur op en luisterden naar onze ademhaling. Daarna verslonden onze monden elkaar, op elkaars lippen zuigend en bijtend. Onze tongen ontmoetten elkaar: hij had een warme, zachte tong, waarmee hij me streelde als met een veer, maar die me tegelijkertijd deed rillen. We kusten vurig totdat hij me vroeg of hij me mocht aanraken, of dit het juiste moment voor mij was. Ik antwoordde: 'Ja,' dit was het juiste moment. Hij blokkeerde toen hij ontdekte dat ik geen slip droeg. Een moment lang stond hij roerloos voor mijn vlezige naaktheid. Toen voelde ik zijn vingers de vulkaan wrijven die op uitbarsten stond. Hij zei dat hij me wilde proeven.

Ik ging op een van die enorme rotsblokken zitten en zijn tong streelde mijn geslacht als de hand van een moeder die de wang van een zuigeling streelt: langzaam en zacht. Ik voelde onmiskenbaar het aanhoudende genot, vol en fijntjes tegelijkertijd. Ik smolt.

Hij stond op, kuste me en ik proefde mijn lichaamsvocht in zijn mond, dat zoet smaakte. Ik had zijn lid al diverse malen licht aangeraakt en gevoeld dat hij hard en groot was in zijn jeans. Hij knoopte de jeans open en schonk me zijn penis. Ik heb het nooit eerder gedaan met een besneden man, ik wist niet dat zijn eikel al zichtbaar was. Hij zag eruit als een gladde, zachte punt die ik wel moest naderen.

Ik richtte me daarna op en fluisterde in zijn oor: 'Neuk me.'

Hij wilde het ook en vroeg terwijl ik opstond uit mijn knieling van wie ik had geleerd zo te likken, dat mijn slangentong hem gek had gemaakt.

Hij zei me dat ik me moest omdraaien, met mijn billen goed in het zicht. Hij bekeek ze aandachtig. Ik vond het een bizar gebaar, maar zijn blik op mijn rondingen gericht wond me enorm op. Ik wachtte op de eerste stoot met mijn handen op de koude, gladde steen steunend. Hij kwam dichterbij en richtte. Ik wilde dat hij me zei hoe ik me aan hem moest aanbieden. Tegelijk met een rake, droge stoot slaakte ik een instemmende zucht. Toen bevrijdde ik me uit die aangename puzzel, en terwijl ik hem smekend aankeek om hem nogmaals in me te voelen, zei ik hem dat een paar minuten wachten voordat we bezit namen van elkaars lichamen het genot zou vergroten.

'Laten we naar de auto gaan,' zei ik hem, 'dat is wat comfortabeler.'

We betraden opnieuw het duistere labyrint, maar deze keer was ik niet bang. In mijn lichaam zaten duizenden duiveltjes elkaar achterna die er genoegen in schepten om me me nu eens angstig, dan weer euforisch te doen voelen, een onuitsprekelijke euforie. Voordat we weer in de auto stapten, bestudeerde ik opnieuw de namen die op de deur stonden gekrast en glimlachend liet ik hem als eerste instappen. Ik kleedde me direct helemaal uit, ik wilde dat elke cel van ons lichaam en onze huid in aanraking kwam met de cel van de ander en dat ze nieuwe opwindende sensaties uitwisselden. Ik ging op hem liggen en begon vol vuur afwisselend zacht en ritmisch, dan weer hard en wreed op en neer te bewegen. Terwijl ik hem likte en kuste, hoorde ik hem zuchten. Zijn zuchten maakten me gek, ik raakte de controle kwijt. Met hem kostte het niet veel moeite mijn zelfbeheersing te verliezen.

'We zijn twee meesters, hoe kan de een de ander eronder krijgen?' vroeg hij me op een gegeven moment.

'Twee meesters neuken elkaar en genieten beiden,' antwoordde ik.

Met enkele stoten trok een magisch genot door me heen dat geen man me ooit had weten te geven, het genot dat ik alleen mezelf maar wist te geven. Ik voelde overal stuiptrekkingen, in mijn geslacht, mijn benen, mijn armen en zelfs in mijn gezicht. Mijn hele lichaam vierde feest. Hij deed zijn hemd uit en ik voelde zijn naakte, behaarde, gloeiende borst tegen mijn blanke, gladde borsten. Ik streelde de tepels op die geweldige ontdekking, ik streelde hem met beide handen om hem helemaal tot de mijne te maken.

Daarna liet ik me van hem afglijden, en hij zei me: 'Raak hem met een vinger aan.'

Ik deed het verwonderd en zag zijn lid tranen. Instinctief bracht ik mijn mond dichterbij en slikte het zachtste, zoetste sperma in dat ik ooit had geproefd.

Hij omhelsde me en gedurende dat moment, dat heel lang leek, was het alsof hij helemaal van mij was. Teder legde hij mijn hoofd op de stoel, terwijl ik nog steeds naakt met opgetrokken knieën lag en verlicht werd door de maan.

Ik hield mijn ogen gesloten, maar voelde toch zijn blik op me gericht. Ik bedacht dat het niet juist was om die ogen zo lang op me te laten rusten, dat mannen nooit genoeg hebben van je lichaam, dat ze het behalve strelen en kussen, ook in hun geheugen willen griffen. Ik vroeg me af wat hij zou kunnen voelen bij het aanschouwen van mijn in slaap gevallen, stilliggende lichaam. Ik hoefde niet zo nodig te kijken, voor mij is het belangrijk om te voelen en vannacht heb ik gevoeld. Ik probeerde een lach te onderdrukken toen ik hem hoorde mopperen dat hij zijn aansteker niet kon vinden. Met mijn ogen nog gesloten en een hese stem zei ik hem dat ik die uit de zak van zijn overhemd had zien vliegen toen hij die op de voorstoel had gegooid. Hij keek me heel even aan en opende toen het raampje waardoor hij de kou naar binnen liet, die ik eerder niet had gevoeld.

Na een paar minuten gezwegen te hebben zei hij terwijl hij de sigarettenrook uitblies: 'Ik heb nog nooit zoiets beleefd.'

Ik begreep waarop hij doelde. Ik voelde dat dit het moment was waarop de serieuze gesprekken begonnen die deze gevaarlijke, kwetsbare en opwindende relatie in gevaar konden brengen of juist zouden bestendigen.

Ik kwam langzaam overeind en legde mijn hand op zijn schouders en daarbovenop mijn lippen. Ik wachtte even voordat ik begon te praten, maar ik wist vanaf het begin wat ik moest zeggen.

'Het feit dat jij dit nooit hebt gedaan, betekent niet dat het verkeerd is.'

'Maar ook niet goed,' zei hij terwijl hij opnieuw een trekje nam.

'Wat maakt het uit of het verkeerd of goed is? Het belangrijkste is dat we het prettig vonden, dat we het intens hebben beleefd,' antwoordde ik en beet op mijn lippen, wetend dat een volwassen man niet luistert naar een zelfingenomen meisje.

In plaats daarvan draaide hij zich om, gooide zijn sigaret weg en zei: 'Dat is waarom je me het hoofd op hol brengt: je bent volwassen, intelligent en je hebt een onmetelijke hartstocht in je.'

Hij is het. Hij heeft hem leren kennen. Mijn hartstocht, bedoel ik. Terwijl hij me naar huis bracht, zei hij dat het beter was dat we elkaar niet meer als leraar en leerlinge zouden zien. Hij zou me nooit meer zo kunnen zien, en bovendien houdt hij werk en privé gescheiden. Ik antwoordde hem dat dat oké was, ik kuste hem op de wang en opende de voordeur terwijl hij wachtte tot ik binnen was.

24 februari

Vanochtend ben ik niet naar school gegaan, ik was te moe. En verder is vanavond de eerste voorstelling, ik heb dus een goed excuus.

Tegen het middaguur kreeg ik een berichtje van Letizia waarin ze me vertelde dat ze er precies om negen uur zou zijn om me te zien spelen. Letizia, ik ben haar gisteren vergeten. Maar hoe kun je het perfecte ook met het perfecte verenigen? Gisteren was ik met Valerio en ik had daar genoeg aan. Vandaag ben ik alleen en heb ik niet genoeg aan mezelf (Waarom heb ik aan mezelf niet meer genoeg?), ik wil Letizia.

PS: Die hypocriete Fabrizio! Hij had het in zijn hoofd gehaald samen met zijn vrouw naar me te willen komen kijken! Gelukkig is hij niet arrogant en kon ik hem uiteindelijk overtuigen dat hij beter thuis kon blijven.

1.50 uur

Vanavond was ik niet bijzonder gespannen, ik werd bevangen door een lichte apathie, en ik kon niet wachten tot het achter de rug was. Terwijl alle anderen in de rondte sprongen van zenuwen of opwinding, stond ik achter het doek en bespioneerde de mensen die arriveerden. Ik keek aandachtig of Letizia al was binnengekomen. Ik zag haar niet. Aldo, de decorontwerper, riep me en zei dat we moesten beginnen. Toen doofden de lichten in de zaal en gingen die op het podium aan. Ik schoot het toneel op als een vuurpijl. Ik vloog het podium precies op díe manier op als de regisseur me tijdens de repetities altijd had gesmeekt te doen, maar waar ik nooit in was geslaagd. Elise Doolittle deed iedereen versteld staan, zelfs mezelf, ze kreeg op verrassend nieuwe wijze gestalte met een natuurlijke manier van gebaren en spreken, waar ik zelf erg enthousiast over was. Vanaf het podium probeerde ik Letizia te ontdekken, maar slaagde er niet in. Ik wachtte het slot van het stuk af, het afscheid, het applaus en van achter het gevallen doek bestudeerde ik de gasten in de zaal in de hoop haar gezicht te zien. Mijn ouders waren er, in de zevende hemel, en klapten hard in hun handen. Alessandra was er, die ik al in geen maanden had gezien, en gelukkig geen spoor van Fabrizio.

Toen zag ik haar, haar gezicht straalde, ze applaudisseerde als een dolle. Ook daarom vind ik haar leuk, ze is spontaan, vrolijk, ze straalt een grote levensvreugde uit. Haar aankijken betekent je eigen tevredenheid proeven.

Aldo trok me aan een arm en riep luid: 'Goed gedaan, schat! Vooruit, haast je, ga je omkleden, dan gaan we het samen met de anderen vieren.' Hij had een bijzondere, uitgelaten gelaatsuitdrukking en ik schaterde het uit.

Ik zei hem dat ik niet kon, dat ik met iemand had afgesproken. Op datzelfde ogenblik kwam Letizia met een lachend gezicht aanlopen: zodra ze Aldo zag, veranderde haar gelaatsuitdrukking. Haar glimlach verdween en er verscheen een boze blik in haar ogen. Ik keek naar Aldo en zag dezelfde serieuze blik over zijn verbleekte gezicht vallen. Ik keek hen beurtelings twee, drie keer aan, en vroeg hun vervolgens: 'Wat is er? Wat hebben jullie?'

Ze zwegen terwijl ze elkaar nu met een harde, bijna dreigende blik aankeken.

Aldo begon als eerste te spreken: 'Niets, niets, gaan jullie maar. Ik zal tegen de anderen zeggen dat je niet kon komen. Ciao, bella,' en kuste me op mijn voorhoofd.

Verward keek ik hem na terwijl hij ervandoor ging, vervolgens draaide ik me naar Letizia om en vroeg: 'Mag ik weten wat er aan de hand is? Kennen jullie elkaar?'

Ze was nu kalmer, ze aarzelde even en probeerde mijn blik te ontwijken. Ze liet haar hoofd zakken en bedekte haar gezicht met haar lange, ranke handen.

Daarna keek ze me recht in de ogen aan en zei: 'Ik denk dat je wel weet dat Aldo homo is.' Dat weet iedereen op school, hij komt er openlijk voor uit en dus antwoordde ik: 'Ja, en?' in een poging haar verder te laten praten.

'Nou, een tijdje geleden had hij iets met een jongen, en toen... nou, toen leerden we elkaar kennen, die jongen en ik, bedoel ik... Aldo vermoedde al iets,' ze sprak langzaam en hortend en stotend.

'Vermoedde iets?' vroeg ik nieuwsgierig en hysterisch tegelijkertijd.

Ze keek me aan met haar stralende, grote ogen: 'Nee, ik kan het je niet vertellen, sorry, ik kan het niet...'

Ze wendde haar blik weer af en zei: 'Ik ben niet alleen lesbisch...'

En wat ben ik? Een vrouw, en zelfs dat niet, volgens het bevolkingsregister ben ik daar nog te jong voor, iemand van het vrouwelijke geslacht dus die bescherming en liefde zoekt in de armen van een vrouw. Maar ik ben niet oprecht, ik zou het mezelf nooit toestaan zozeer op mezelf te lijken. Ik wil de enige vrouwelijke helft van de twee-eenheid zijn. Van Letizia bekijk en begeer ik het lichaam, de zinnelijke kant, hoewel, dat moet ik toegeven, ook wel de geestelijke kant. Ik vind haar helemaal leuk, ze boeit me, intrigeert me. Sinds een tijdje is ze de hoofdrolspeelster in veel van mijn fantasieën. De liefde, waarnaar ik altijd op zoek ben, lijkt soms zo ver weg, zo anders dan ik...

Toen ik de deur uitging, zat mijn vader op de bank met een afwezige blik naar de buis te kijken. Apathisch vroeg hij me waar ik heen ging en het leek me zinloos hem antwoord te geven, omdat zijn gelaatsuitdrukking niet zou zijn veranderd. Wat ik hem ook zou zeggen, hij zou languit op de bank blijven zitten.

Als ik hem zou zeggen: 'Ik ga naar het huis dat een getrouwde man met wie ik neuk kort geleden heeft gekocht,' zou hij hetzelfde hebben gereageerd als wanneer ik hem zou zeggen: 'Ik ga huiswerk maken bij Alessandra.'

Ik trok zachtjes de deur achter me dicht. Ik wilde hem niet storen in zijn abstracte gedachten, die niet in het minste of geringste met mij te maken hadden.

Fabrizio heeft me de sleutels van het appartement gegeven en me gezegd dat ik daar op hem moest wachten, dat hij na zijn werk zou komen.

Ik had het nog niet eerder gezien, zo veel interesseert het appartement me dus. Ik parkeerde mijn scooter voor het gebouw en liep de halfdonkere, verlaten gang in.

De stem van de portier die me vroeg voor wie ik kwam deed me schrikken en ik kreeg het plotseling heel warm.

'Ik ben de nieuwe huurder,' riep ik luid terwijl ik zo duidelijk mogelijk articuleerde omdat ik, nogal onnozel, dacht dat de portier doof was. Ze antwoordde direct: 'Ik ben niet doof. Op welke verdieping moet u zijn?'

Ik dacht even na en zei toen: 'Op de tweede, bij het appartement dat meneer Laudani net heeft betrokken.'

Ze lachte en zei: 'O ja! Uw vader heeft me gezegd dat u de deur het beste op slot kunt draaien als u binnen bent.'

Mijn vader? Ik liet het maar zo, het had geen zin om uit te leggen dat hij dat niet was en het zou ook een beetje gênant zijn.

Ik deed de deur open en precies op het moment dat ik de sleutel in het slot omdraaide, realiseerde ik me hoe dom en onnadenkend ik had gehandeld. Wat stom om iets te doen waar ik helemaal niet aan wilde beginnen.

Opgetogen had Fabrizio me met die onnozele lach van hem verteld dat deze middag heel bijzonder zou worden, en dat we ons 'liefdesnestje' op gedenkwaardige wijze zouden inwijden. De laatste keer dat ik iets had gedaan waarvan me gezegd was dat het gedenkwaardig zou zijn, had ik vijf mannen gepijpt in een halfdonkere kamer die naar hasjiesj rook. Ik hoopte dat het vandaag om iets anders zou gaan. De entree was nogal klein en saai. Er lag alleen een rood kleed, waardoor de hal een beetje werd opgefleurd. Daarvandaan kon ik alle kamers deels zien: de slaapkamer, een kleine woonkamer, een keukentje en een berghok. Ik meed de slaapkamer omdat ik geen zin had om het scherm te zien dat hij tegenover het bed had laten ophangen. Ik ging naar de woonkamer. Toen ik langs het berghok liep, viel mijn oog onmiddellijk op drie gekleurde dozen op de grond. Ik knipte het licht aan en ging naar binnen. Voor de dozen lag een briefje waarop in grote letters stond geschreven: OPEN DE DOZEN EN TREK ER IETS UIT AAN. Mijn nieuwsgierigheid was meteen gewekt.

Ik doorzocht de dozen en ik moest toegeven dat hij fantasie had. In de eerste doos bevond zich witkanten lingerie, doorschijnende onderkleding, uitdagende maar toch kuise slips, een beugelbeha. Op een briefje in deze doos stond: VOOR EEN KIND DAT GRAAG GEKNUFFELD WIL WORDEN. Ik koos deze eerste doos niet.

In de tweede doos zaten een roze string met veren aan de achterkant, waardoor hij op de staart van een konijn leek, een paar netkousen, rode schoenen met duizelingwekkend hoge hakken en briefje: VOOR EEN KONIJNTJE DAT GEVANGEN WIL WORDEN DOOR DE JAGER. Voordat ik van deze doos afzag, wilde ik eerst zien wat er in de derde doos zat.

Ik vond dit een leuk spel, om erachter te komen wat zijn verlangens waren.

Ik koos de derde doos: een glimmend, zwart rubberen pak met hoge leren laarzen en dito hakken, een zweep, een zwarte fallus en een tubetje vaseline. Behalve wat cosmetica lag er ook een briefje: VOOR EEN MEESTERES DIE HAAR SLAAF WIL STRAFFEN. Een betere straf was niet denkbaar, hij werd me op een presenteerblaadje door hem aangereikt met zelfgekochte spullen. Iets lager stond PS: ALS JE DIT KIEST, MOET JE PAS BELLEN ALS JE HET AANHEBT. Ik begreep deze boodschap niet, maar dat maakte me niet uit. Het spel werd er nog boeiender door: ik kon hem laten komen en gaan wanneer ik wilde... prachtig! Ik kon hem zonder wroeging of schuldgevoelens vertellen dat hij kon opflikkeren. Het stoorde me alleen dat ik dat boeiende spel met hem zou spelen, ik geloofde niet dat hij er goed in was. Ik dacht dat het fantastisch zou zijn om die mogelijkheden te hebben met de professor. Maar ik moest wel, hij heeft er te veel voor gedaan om een paar keer met me te kunnen neuken, eerst het huis, nu deze cadeaus. Ik zag het scherm van mijn mobiel knipperen, hij probeerde me te bellen. Ik nam niet op en stuurde hem een berichtje dat ik de derde doos had gekozen en dat ik hem later zou terugbellen.

Ik ging naar de woonkamer, opende het raam dat uitkeek op het balkon en liet een beetje frisse lucht de muffe geur in huis verjagen. Daarna ging ik op het kleed met de warme kleuren liggen. De frisse lucht, de stilte, het zachte licht van de ondergaande zon zorgden ervoor dat ik wegdoezelde. Ik deed langzaam mijn oogleden dicht en haalde diep adem totdat ik mijn eigen ademhaling waarnam als een golf die komt en gaat, die op de rots breekt en zich opnieuw terugtrekt in de enorme weidsheid van de zee. Ik werd gewiegd door een droom en de hartstocht hield me vast in zijn armen. Ik kon de man niet zien. Hoewel ik in mijn droom wist wie hij was, ontging zijn identiteit me in werkelijkheid. Hij had onbestemde trekjes, we waren in elkaar vastgepind als een sleutel in een slot, als de spade van de boer in rijke, weelderige grond. Zijn lid in erectie, dat daarvoor even in slaap was gedommeld, bezorgde me opnieuw dezelfde rillingen als daarvoor en mijn gebroken stem maakte hem duidelijk dat ik het een vermakelijk spel vond. Mijn begeerte maakte hem droelerig alsof ik een frisse, bruisende spumante was die de dronkenschap verschafte waardoor de zintuigen het hoogste punt van de hemel konden raken.

Hij voelde zich steeds meer afgemat door mijn lichaam en mijn snelle dan weer o zo trage bewegingen, dat hij elk tijdsbesef verloor. Ik maakte langzaam mijn billen los van zijn geslacht zodat de pijl niet al te abrupt uit de open, ro-de wond gleed en ik keek hem opnieuw aan met mijn Lolita-glimlach. Ik pakte de zijden veters die kort daarvoor om mijn polsen waren gebonden, om nu hem vast te binden. Zijn gesloten oogleden deden vermoeden dat hij het verlangen koesterde op krachtige en gewelddadige wijze bezit van me te nemen, maar ik wilde wachten.

Ik pakte mijn zwarte zelfophoudende kousen, met de kanten boord, en bond zijn enkels vast aan de poten van twee stoelen die ik naar de rand van het bed had gesleept. Nu stond ik open voor zijn en mijn genot. In het midden van dat naakte lichaam richtte zijn lid zich zonder aarzelen op, gereed om zo snel mogelijk opnieuw bezit te nemen van mijn roze Geheim. Ik wierp me op hem, wreef met mijn huid over de zijne en merkte dat onze lichamen rilden van immens genot. Mijn harde tepels liefkoosden zacht zijn behaarde borst waarvan de haartjes prikten op mijn gladde huid. Zijn warme adem ontmoette de mijne.

Ik streelde met het topje van mijn vingers over zijn mond en masseerde zachtjes zijn lippen. Daarna gingen mijn vingers langzaam, zachtjes zijn mond binnen... Door zijn kreunen begreep ik hoezeer mijn vingers op ontdekkingsreis in zijn mond hem opwonden. Ik bracht een vinger naar mijn vochtige roos en bevochtigde haar met haar dauw, daarna legde ik hem op het topje van zijn penis, die rood en opgewonden was en bij mijn aanraking licht trilde, als de vlag van de bevelhebber die als overwinnaar terugkeert van de veldslag. Terwijl ik schrijlings op hem zat, met mijn billen naar de spiegel, die in zijn ogen weerkaatsten, boog ik mijn borst naar voren en fluisterde in zijn oor: 'Ik wil je.'

Ik vond het leuk om te zien dat hij, naakt uitgestrekt op de lakens die een omlijsting vormden van zijn gespannen, opgewonden lichaam, helemaal aan mijn wil was overgeleverd. Ik pakte de geparfumeerde sjaal waarmee ik was binnengekomen en bedekte daarmee zijn ogen, zodat hij het lichaam dat hem liet wachten niet kon zien.

Zo liet ik hem minuten lang liggen. Te lang. Ik werd uitzinnig van verlangen om zijn penis, die onvermoeibaar opgericht bleef, te berijden, maar ik wilde wachten. Uiteindelijk stond ik op van de keukenstoel en liep opnieuw de slaapkamer in, waar hij vastgebonden lag. Ondanks mijn opzettelijk geruisloze voetstappen, hoorde hij me en slaakte een zucht van verlichting. Hij bewoog zich een beetje voordat mijn lichaam hem langzaam opslokte...

Ik werd wakker toen de hemel diepblauw was gekleurd en de maan al als een dunne nagel vastgeplakt aan het dak van de wereld zichtbaar was. Ik pakte mijn mobieltje en belde hem op.

'Ik dacht al dat je niet meer zou bellen,' zei hij bezorgd.

'Ik heb het rustig aan gedaan,' antwoordde ik gemeen.

Hij zei me dat hij er binnen een kwartier zou zijn en dat ik op bed op hem moest wachten.

Ik verkleedde me en liet mijn kleren op de grond in het berghok liggen. Ik pakte de inhoud van de doos en trok het rubberen pak aan, dat heel strak om mijn huid zat en die prikkelde. De laarzen kwamen precies tot halverwege mijn dijen. Ik begreep niet goed waarom hij ook een felrode lipstick, een paar kunstwimpers en felgekleurde rouge in de doos had gestopt. Ik liep de slaapkamer in om in de spiegel te kijken en toen ik mijn beeltenis zag, ging er een schok door me heen. Mijn zoveelste metamorfose, de zoveelste keer dat ik toegeef aan de verboden, heimelijke verlangens van iemand die ik niet ben en die niet van me houdt. Maar deze keer zou het anders zijn, deze keer zou ik een waardige beloning krijgen: zijn vernedering. Ook al werden we in werkelijkheid beiden vernederd. Hij arriveerde iets later dan hij me had gezegd en verontschuldigde zich door te zeggen dat hij zijn vrouw iets op de mouw had moeten spelden. *Arme vrouw*, dacht ik, *maar vanavond zal ik hem voor jou straffen.*

Hij trof me liggend op het bed aan terwijl ik aandachtig een vlieg bestudeerde die maar tegen de lamp aan het plafond bleef vliegen en irritante geluiden maakte. Ik bedacht dat de mensen op dezelfde krampachtige manier als die domme vlieg tegen de wereld botsen: met veel lawaai bewegen ze zich onrustig gonzend om de dingen heen zonder ze ooit helemaal te kunnen grijpen. Soms eindigen ze morsdood in een val als ze achter het raster tegen het blauwe licht vliegen.

Fabrizio zette zijn aktetas op de grond en bleef me zwijgend vanuit de deuropening bekijken. Zijn blik was veelzeggend en de opwinding in zijn broek sterkte me in mijn voornemen: ik zou hem langzaam, maar boosaardig martelen.

Toen begon hij te praten: 'Je hebt mijn hoofd al verkracht, je zit nu in mijn hoofd, nu moet je ook mijn lichaam verkrachten door iets van jou in mijn vlees te drukken.'

'Is het je niet duidelijk wie de baas is en wie de slaaf? Ik bepaal wat ik doe, jij hebt alleen te gehoorzamen. Kom hier!' schreeuwde ik hem als een eersteklas meesteres toe.

Hij kwam met grote, haastige stappen naar het bed toe gelopen en toen ik naar het zweepje en de fallus op het nachtkastje keek, voelde ik een uitzinnige opwinding, die mijn bloed deed koken. Ik wilde weten hoe hij een orgasme zou krijgen, en ik wilde vooral bloed zien.

Naakt leek hij op een worm, hij was dun behaard, zijn huid was zacht en glanzend, zijn buik groot en dik, zijn geslacht spontaan in erectie. Ik bedacht dat het zachte geweld uit mijn droom te goed voor hem zou zijn, hij verdiende op wrede, harde, boosaardige wijze te worden gestraft. Ik zei hem dat hij op zijn buik op de grond moest gaan liggen. Ik had een hooghartige, koele, afstandelijke blik in mijn ogen, die zijn bloed zou doen stollen als hij me had kunnen zien. Hij draaide zich met een bleek, bezweet gezicht om en ik drukte met kracht de punt van de hak van mijn laars in het vlees op zijn rug. Zijn huid werd gegeseld door mijn wraak. Hij schreeuwde, maar hij schreeuwde zacht, misschien huilde hij. Mijn geest was in zo'n verwarde toestand dat ik de geluiden en kleuren om me heen niet kon onderscheiden.

'Van wie ben je?' vroeg ik hem ijskoud.

Een aanhoudend gereutel klonk en vervolgens zijn gebroken stem: 'Van jou. Ik ben je slaaf.'

Terwijl hij dit zei, gleed de hak van mijn laars langs zijn ruggengraat naar beneden en stopte tussen zijn billen. Ik duwde.

'Nee, Melissa... Nee...' zei hij hijgend.

Ik was niet in staat om verder te gaan, dus strekte ik mijn arm uit naar het nachtkastje, pakte de accessoires en legde ze op het bed. Ik gaf hem een schop en gebood hem zich om te draaien en op zijn rug te gaan liggen, en gaf zijn borst dezelfde behandeling als zijn rug.

'Draai je om!' beval ik hem opnieuw. Hij deed het en ik ging schrijlings op zijn dij zitten en begon zonder er erg in te hebben mijn geslacht in het nauwsluitende pak erover te wrijven.

'Je kutje is vochtig, vooruit, laat me je likken...' zei hij zuchtend.

'Nee!' zei ik hard.

Zijn stem brak en ik kon hem met moeite horen zeggen dat ik moest doorgaan hem pijn te doen.

Mijn opwinding nam toe, ze vulde mijn geest en kwam er bij mijn geslacht weer uit, en gaf me een mysterieus gevoel van vervoering. Ik had hem in mijn macht en ik was gelukkig. Gelukkig voor mezelf en voor hem. Voor hem omdat het was wat hij wilde, omdat het een van zijn vurigste wensen was. Voor mezelf omdat het een soort bevestiging was van mijn persoon, mijn lichaam, mijn ziel door mezelf op de ander te plaatsen en die helemaal leeg te zuigen. Ik nam deel aan mijn eigen feest. Terwijl ik het zweepje pakte, liet ik eerst het uiteinde en vervolgens de leren stroken over zijn billen gaan, maar zonder hem pijn te doen. Daarna gaf ik hem een zachte klap en ik voelde zijn lichaam rillen en zich spannen. Boven ons vloog de vlieg nog steeds tegen de lamp en voor me hing het gordijn dat door het halfgeopende raam strak werd getrokken zodat het bijna scheurde. Nog een harde klap op zijn gegeselde, roodgestriemde rug volgde en toen pakte ik de fallus. Ik had er nog nooit één in mijn hand vastgehouden en ik vond het geen prettig ding. Ik kneep de plakkerige gel eruit en smeerde die op het oppervlak en drukte mijn vingers in de valsheid, de tegennatuurlijkheid. Het was anders dan Gianmaria en Germano zachtjes en teder elkaars lichaam te zien penetreren en in een andere, maar echte, vertroostende realiteit te zijn. Deze realiteit vervulde me met afkeer, ze was vals, hypocriet. Hij was hypocriet tegenover het leven, zijn familie, een worm die buigt voor een kind. Hij ging moeizaam naar binnen en ik voelde hem vibreren in mijn handen alsof hij iets had kapot gescheurd: zijn ingewanden. Ik penetreerde hem terwijl ik in mijn hoofd frasen uitsprak als een soort formules tijdens een rite: Dit is voor je domheid, één stoot, deze is voor je arrogantie, tweede stoot, voor je dochter, die nooit zal weten wat voor een vader ze heeft, voor je vrouw, die 's nachts naast je ligt, omdat je me niet begrijpt, omdat je de essentie van mij, mijn schoonheid, niet hebt begrepen. De echte schoonheid, die we allemaal bezitten, maar jij niet. Er volgden vele harde, droge, hartverscheurende stoten. Hij zuchtte onder me, schreeuwde, huilde met uithalen. Zijn opening werd ruimer en ik zag dat hij roodgekleurd was van de spanning en het bloed.

'Kun je niet meer, smerige goorlap?' zei ik met een wrede grijns.

Hij schreeuwde luid, misschien had hij een orgasme. Daarna zei hij: 'Hou op, ik smeek het je.'

Ik hield op en mijn ogen vulden zich met tranen. Ik liet hem verward, kapot, helemaal gebroken achter op het bed.

Ik deed mijn eigen kleren aan en groette de portier in de gang. Ik groette Fabrizio niet, ik heb hem niet aangekeken en ben zo weggegaan.

Toen ik thuiskwam, heb ik niet in de spiegel gekeken en voordat ik naar bed ging, heb ik niet honderd keer mijn haar geborsteld. Het zou te veel pijn hebben gedaan mijn kapotte gezicht en mijn verwarde haren te zien.

4 maart 2002

Vannacht heb ik voortdurend nachtmerries gehad, één in het bijzonder bezorgde me koude rillingen.

Ik rende door een donker, dor bos en ik werd achtervolgd door duistere, kwaadaardige figuren. Voor me doemde een toren op die door de zon werd beschenen. Het was precies hetzelfde tafereel als bij Dante die een heuvel probeert te beklimmen, maar daar niet in slaagt omdat drie wilde dieren hem dat verhinderen. Alleen waren het in mijn droom niet drie wilde dieren, maar een verwaande engel en zijn duivels, en achter hen een reus met zijn buik vol jonge meisjes, en iets verder daarachter een tweeslachtig monster gevolgd door jonge sodomieten. Ze kwijlden allemaal en een enkeling sleepte zich moeizaam voort terwijl zijn lichaam over de dorre grond sleepte. Terwijl ik holde, bleef ik voortdurend achteromkijken uit angst dat een van hen me zou inhalen. Ze riepen me allemaal gebroken, onuitspreekbare frasen toe. Op een bepaald moment lette ik niet goed op een obstakel voor me. Ik begon heel hard met wijd opengesperde ogen te schreeuwen. Ik zag een goedaardig gezicht van een man die me bij de hand nam en me over donkere geheime paadjes meevoerde naar de voet van de hoge toren. Hij hief zijn vinger op en zei: 'Beklim de treden en draai je niet om. Op de top zul je vinden wat je tevergeefs in het bos hebt gezocht.'

'Hoe kan ik je bedanken?' vroeg ik in tranen.

'Haast je, voordat ik me weer bij hen voeg!' schreeuwde hij zijn hoofd heftig schuddend.

'Maar dat ben jij, mijn redder! Ik hoef de toren niet te beklimmen, ik heb je al gevonden!' riep ik deze keer vol vreugde uit.

'Ren!' herhaalde hij. Zijn ogen veranderden, ze werden rooddoorlopen en begerig en met kwijl op zijn mond vluchtte hij weg. Ik bleef alleen met een gebroken hart aan de voet van de toren achter.

22 maart 2002

Mijn ouders zijn een week weg en komen morgen terug. Dagenlang had ik het huis voor me alleen en kon ik komen en gaan wanneer ik wilde. In het begin dacht ik erover om iemand te vragen bij me te komen slapen, Daniele misschien, die ik een paar dagen geleden had gesproken, of Roberto, of misschien had ik de moed Germano of Letizia te vragen, iemand om me gezelschap te houden. In plaats daarvan heb ik genoten van het alleen zijn, om alle mooie en alle lelijke dingen te overdenken die me de laatste tijd waren overkomen.

Ik weet dat ik mezelf pijn heb gedaan, dat ik geen respect voor mezelf heb gehad, geen respect voor de persoon van wie ik zeg dat ik zo veel houd. Ik ben er niet zo zeker van als jaren geleden of ik van mezelf houd. Iemand die van zichzelf houdt, laat zijn lichaam niet zonder een doel en zelfs niet uit plezier door iedere willekeurige man verkrachten. Ik zeg je dit om een geheim te onthullen, een triest geheim dat ik dom genoeg verborgen voor je had willen houden, met de illusie dat ik het zo zou kunnen vergeten. Op een avond was ik alleen en bedacht dat ik wat afleiding moest zoeken, een frisse neus moest halen en dus besloot ik naar de pub te gaan waar ik altijd heen ga. Tussen het ene en het andere glas bier door werd ik op een onprettige, onbeleefde manier aangeklampt door een smeerlap. Ik was dronken, mijn hoofd tolde en ik ging op zijn verzoek in. Hij bracht me naar zijn huis en toen hij de deur achter zich had dichtgedaan werd ik bang, ongelooflijk bang, waardoor ik in één klap weer nuchter was. Ik vroeg hem om me te laten gaan, maar dat deed hij niet. Met kleine ogen van een waanzinnige commandeerde hij me me uit te kleden. Ik deed dat verschrikt en heb alles gedaan wat hij me beval te doen. Ik heb mezelf gepenetreerd met een vibrator die hij in mijn handen stopte en voelde de wanden van mijn vagina vreselijk branden tot bloedens toe. Ik huilde terwijl hij me zijn kleine, zachte lid aanbood en me met één hand bij mijn hoofd vasthield, zodat ik wel moest doen wat hij wilde. Hij slaagde er niet in te genieten, ik voelde pijn in mijn onderkaken en ook in mijn tanden.

Hij wierp zich op bed en viel direct in slaap. Instinctief keek ik naar het nachtkastje en verwachtte geld aan te treffen zoals een goede hoer zou horen te krijgen voor haar diensten. Ik ben de badkamer ingelopen, heb mijn gezicht gewassen zonder mijn spiegelbeeld ook maar één blik waardig te keuren: ik zou het monster hebben gezien waarvan iedereen wil dat ik daarin verander. Ik mag mezelf dat niet toestaan, ik mag hun dat niet toestaan. Ik ben vies, alleen de Liefde, als die bestaat, kan me schoonwassen.

28 maart

Gisteren heb ik Valerio verteld wat er die avond is gebeurd. Ik verwachtte dat hij zou zeggen: 'Ik kom er meteen aan', hij me in zijn armen zou nemen en me zou knuffelen en troostend zou zeggen dat ik me nergens zorgen over hoefde te maken, dat hij bij me was. Niets van dat alles: hij zei me op verwijtende, barse toon dat ik een dom wicht ben, en dat is waar, verdomme! Maar ik voel mezelf al schuldig genoeg, ik hoef niet ook nog eens de preken van anderen aan te horen, ik wil dat iemand me omhelst en troost. Vanochtend kwam hij naar school, een grotere verrassing had ik me niet kunnen voorstellen. Hij kwam op de motor, met verwaaide haren en een zonnebril op die zijn prachtige ogen bedekten. Ik stond te kletsen voor een bankje waarop een paar klasgenoten zaten. Mijn haren waren in de war, ik droeg mijn boekentas op mijn rug en had een rood aangelopen gezicht. Toen ik hem aan zag komen met een ogenschijnlijk lieve, maar ondeugende glimlach, raakte ik direct geblokkeerd en bleef even met open mond staan. Snel verontschuldigde ik me bij de anderen en rende naar de straat om hem te begroeten. Ik wierp me op een kinderlijke, spontane en veelzeggende manier tegen hem aan. Hij zei me dat hij zin had om me te zien, dat hij mijn glimlach en mijn geur miste en dat hij geloofde dat hij in een soort Lolita-onthoudingscrisis verkeerde.

'Waarom kijken die gelijksoortigen zo?' vroeg hij me terwijl hij met zijn hoofd in de richting van de meisjes en jongens op het pleintje knikte.

'Wie?' vroeg ik hem.

Hij legde me uit dat hij kinderen zo noemt omdat ze allemaal op elkaar lijken, als lid van één grote kinderschare. Het is voor hem een manier om ze te onderscheiden van de wereld van de volwassenen.

'Mmm, wat een vreemde manier om ons te typeren... maar ze kijken naar je motor en naar jou, en ze benijden me omdat ik met je sta te praten. Morgen zullen ze me vragen: "Wie was dat met wie je stond te praten?" '

'En ga je ze dat vertellen?' vroeg hij, zeker van mijn antwoord.

Omdat ik me ergerde aan zijn zekerheid, zei ik: 'Misschien wel, misschien ook niet. Dat hangt af van wie me dat vraagt en hoe.'

Ik keek naar zijn tong die zijn lippen bevochtigde, ik keek naar zijn lange, kinderlijke zwarte wimpers en naar zijn neus, die een perfecte kopie leek van de mijne. Ik keek naar zijn penis die opzwol toen ik voorover naar zijn oor boog en fluisterde: 'Ik wil dat je me neemt, nu, voor de ogen van allemaal.'

Hij keek me aan en glimlachte naar me terwijl hij nerveus op zijn lippen beet alsof hij zijn opwinding probeerde te bedwingen en zei: 'Loly, Loly... wil je me gek maken?'

Ik antwoordde bevestigend met een langzaam knikje en een glimlach.

'Laat me je parfum ruiken, Lo.'

Ik bood hem mijn blanke hals aan. Hij snoof en vulde zijn longen met mijn geur van vanille en musk, en zei toen: 'Lo, ik moet gaan.'

Hij mocht niet weggaan, deze keer zou ik het spel tot het einde aan toe spelen.

'Wil je weten wat voor slip ik vandaag draag?'

Hij stond op het punt zijn motor te starten. Hij keek me verbaasd en met een wazige blik aan en knikte bevestigend.

Ik knoopte mijn broek een stukje open en het drong tot hem door dat ik geen ondergoed aan had. Hij keek me aan en zocht naar een antwoord.

'Ik trek heel vaak geen slip aan, dat vind ik prettig,' antwoordde ik. 'Kun je je nog herinneren dat ik op de avond dat we het voor de eerste keer deden er ook geen droeg?'

'Je maakt me zo gek.'

Ik bracht mijn gezicht heel dicht, gevaarlijk dicht, bij zijn gezicht en zei: 'Ja, dat was ik ook precies van plan,' terwijl ik hem recht in de ogen keek.

We keken elkaar minutenlang zwijgend aan. Zo nu en dan schudde hij zijn hoofd en lachte. Ik fluisterde in zijn oor: 'Neem me vannacht met geweld.'

'Nee, Lo, dat is gevaarlijk,' antwoordde hij me.

'Neem me met geweld,' herhaalde ik gebiedend.

'Waar, Mel?'

'Op de plaats waar we de eerste keer heen zijn gegaan.'

Ik stapte uit de auto en deed het portier achter me dicht
terwijl hij in de auto bleef zitten. Ik begon door dezelfde
smalle, donkere steegjes van vorige keer te wandelen en hij
wachtte even voordat hij de motor startte en me achterna
kwam. Ik liep alleen over het slechte plaveisel en hoorde in
de verte slechts het geluid van de zee, verder niets. Ik keek
naar de sterren en wilde het onhoorbare geluid opvangen
van deze schepselen, die met tussenpozen schijnen. Daarna
hoorde ik de motor en zag de koplampen van zijn auto. Ik
bleef kalm, ik wilde dat alles verliep zoals we hadden afgesproken: hij de beul, ik het slachtoffer. Een slachtoffer dat
lichamelijk vernederd en getemd zou worden. Maar over
de geest, de mijne en de zijne, heers alleen ik. Ik wil dit, ik
ben de meesteres. Hij is een nepmeester, een meester-
slaaf, slaaf van mijn verlangens en mijn grillen.

Hij parkeerde de auto, deed de motor en de lichten uit
en stapte uit. Heel even dacht ik dat ik opnieuw alleen was
omdat ik niets hoorde... Daar was hij, ik hoorde hem: hij
kwam langzaam en bedaard aan lopen, maar zijn ademhaling was snel en gejaagd. Ik hoorde hem achter me, ik
voelde zijn adem in mijn nek. Plotseling werd ik bang. Hij
zette de vaart erin, hij rende op me af, greep me bij mijn
arm en smeet me tegen een muurtje.

'Juffrouwen met mooie kontjes moeten niet alleen over
straat lopen,' zei hij met een verdraaide stem.

Met één hand hield hij hardhandig mijn arm vast, met
de andere duwde hij mijn hoofd tegen de muur en drukte

mijn gezicht krachtig tegen het ruwe, modderige oppervlak.

'Sta stil,' beval hij me.

Ik wachtte op zijn volgende beweging, ik was opgewonden maar ook bang en ik vroeg me af wat ik zou voelen als
ik echt door een onbekende in plaats van mijn dierbare
prof verkracht zou worden. Ik zette deze gedachte van me
af en herinnerde me wat er enkele avonden daarvoor was
gebeurd, en aan hoeveel geweld ik al zo vaak was blootge-
steld... en ik wilde meer geweld, net zo veel dat ik niet
meer kon.

Ik ben eraan gewend geraakt, misschien kan ik niet meer
zonder. Het lijkt vreemd als op een dag de zachtheid en de
tederheid op mijn deur komen kloppen en me zouden vragen of ze binnen mochten komen. Het geweld doodt me,
mat me af, bezoedelt me en zuigt me uit, maar met en door
dat geweld overleef ik, ik voed me ermee.

Hij gebruikte zijn vrije hand om in zijn broekzak te tas-
ten. Hij omklemde stevig mijn witte polsen en liet ze toen
even los. Daarna pakte hij met zijn andere hand dat voorwerp uit zijn zak. Het was een blinddoek, die hij om het
bovenste deel van mijn gezicht wikkelde en zo mijn ogen
bedekte.

'Zo ben je heel mooi,' zei hij. 'Ik doe je rok omhoog,
mooie hoer, houd je mond en schreeuw niet.'

Ik voelde zijn handen tussen mijn slip en zijn vingers
mijn geslacht strelen. Daarna gaf hij me een harde klap, ik
kreunde van de pijn.

'Eh, nee, ik had je gezegd dat je geen geluid mocht maken.'

'Eigenlijk had je me gezegd dat ik niet mocht praten of schreeuwen, en ik kreunde,' fluisterde ik, wetend dat hij me hiervoor zou straffen.

Hij gaf me inderdaad een nog hardere klap, maar deze keer maakte ik geen enkel geluid.

'Goed zo, Loly, goed zo.'

Hij knielde en terwijl hij me nog steeds stevig vasthield, begon hij mijn billen te kussen, waarop hij zich met zo veel geweld had uitgeleefd. Toen hij ze zachtjes begon te likken, groeide mijn verlangen om genomen te worden. Ik kon me niet meer bedwingen. Dus boog ik mijn rug om hem mijn genot te laten grijpen.

Als antwoord gaf hij me nog een klap.

'Alleen als ik het zeg,' beval hij.

Ik kon alleen de geluiden horen en zijn handen over mijn lichaam voelen. Hij had me beroofd van mijn zicht en nu van mijn genot.

Hij liet mijn polsen los en leunde helemaal over me heen. Met beide handen greep hij mijn borsten, die vrij waren van een dwingend omhulsel. Hij greep ze met kracht vast, zodat hij me pijn deed, en kneep erin met zijn vingers die wel nijptangen leken.

'Zachtjes,' fluisterde ik met een ijl stemmetje.

'Nee, ik doe wat ik wil,' zei hij en gaf me nog een ontzettend harde klap. Terwijl hij mijn rok opstroopte tot aan mijn dijen, zei hij: 'Ik had het graag nog even volgehouden, maar ik kan niet meer. Je provoceert me te veel en ik kan niet anders dan erop ingaan.'

Met één harde stoot penetreerde hij me zo ver hij kon en vulde me helemaal met zijn opwinding, zijn onbeheersbare hartstocht.

Een krachtig, zeer krachtig orgasme sleurde mijn lichaam mee, ik stortte me op de muur en haalde mijn huid open. Hij pakte me vast en ik voelde zijn warme adem in mijn nek. Zijn gehijg was heerlijk.

Zo bleven we lange tijd staan, en ik wilde dat we altijd zo konden blijven staan. Naar de auto terugkeren betekende terugkeren naar de koude, wrede realiteit, een realiteit waarvan ik wist dat we die niet konden ontvluchten: hij en ik, de verbintenis van onze zielen moest daar eindigen. De omstandigheden stonden het geen van ons tweeën toe compleet één te zijn.

Onderweg, toen we stilstonden in het verkeer dat Catania 's nachts op zijn kop zet, keek hij me aan, glimlachte en zei: 'Loly, ik hou van je.' Hij pakte mijn hand, bracht die naar zijn mond en kuste hem. Loly, niet Melissa. Hij houdt van Loly, van Melissa heeft niemand ooit gehoord.

4 april 2002

Ik schrijf je vanuit een hotelkamer: ik ben in Spanje, in Barcelona. Ik ben op schoolreis en vermaak me opperbest, ook al kijkt de prof me zuur en stompzinnig aan als ik hem zeg dat ik geen zin heb musea te bezoeken, wat me tijdverspilling lijkt. Ik haat het om een plaats te bezoeken met als enig doel om er de geschiedenis van te leren kennen. Oké, die is ook belangrijk, maar wat moet ik daar verder mee? Barcelona is heel levendig en bruisend maar heeft ook iets melancholieks. Het lijkt op een aantrekkelijke vrouw met diepe, trieste ogen die de ziel roeren. Vind ik. Ik zou graag 's nachts door de straten vol kroegen en uiteenlopende types lopen, maar we brengen de avonden verplicht door in een discotheek, waar ik met een beetje geluk iemand ontmoet die zich nog niet heeft laten vollopen. Ik hou niet van dansen, ik vind dat vreselijk. In mijn kamer is het een bende. Sommigen springen op de bedden, anderen doen zich te goed aan sangria, en weer anderen kotsen in de wc. Ik ga nu, Giorgio trekt me aan mijn arm...

7 april

Een na laatste dag, ik heb geen zin om naar huis te gaan. Dit is mijn thuis, hier voel ik me op mijn gemak, veilig, gelukkig, begrepen door de mensen, ook al spreken we niet dezelfde taal. Het is plezierig om niet mijn mobiel te horen afgaan omdat Fabrizio of Roberto me belt, en een smoes te hoeven verzinnen om ze niet te ontmoeten. Het is prettig om tot laat met Giorgio te praten zonder verplicht te zijn met hem naar bed te gaan en mijn lichaam te geven.

Waar ben je gebleven, Narcissa, die zo veel van zichzelf hield en lachte, en zo veel wilde geven en net zo veel wilde ontvangen? Waar ben je gebleven met je dromen, je hoop, je dwaasheden, je levensvreugde, je doodsvreugde? Waar ben je gebleven, spiegelbeeld, waar kan ik je zoeken, waar kan ik je vinden, hoe kan ik je vasthouden?

Vandaag stond Letizia bij school. Ze kwam me tegemoet lopen met haar ronde gezicht ingelijst door een grote zonnebril, die heel veel lijkt op die brillen die ik mijn moeder op foto's uit de jaren zeventig zie dragen. Naast haar liepen twee meisjes, duidelijk lesbiennes.

Eén heette Wendy, ze is net zo oud als ik maar ze oogt veel ouder. De ander, Floriana, is net iets jonger dan Letizia.

'Ik had zin om je te zien,' zei Letizia terwijl ze me strak aankeek.

'Goed dat je gekomen bent, ik vind het ook leuk om jou te zien,' antwoordde ik.

Intussen liep de school uit en namen leerlingen plaats op de bankjes op het pleintje. Jongens keken ons nieuwsgierig aan en smoesden lachend met elkaar. De zure, vrome, onwetende 'roddelaarsters van sant'Ilario' keken ons met scheve ogen aan en haalden hun neus op. Ik kon als het ware hun zinnen opvangen: 'Heb je gezien met wie ze omgaat? Ik heb altijd gezegd dat ze vreemd was...', terwijl ze hun haar fatsoeneerden dat hun moeders vanochtend voor school netjes hadden gevlecht.

Letizia merkte dat ik me ongemakkelijk voelde en zei: 'Wij gaan lunchen op de club, heb je zin om mee te gaan?'

'Wat voor club?' vroeg ik.

'Voor lesbiennes en gays. Ik heb de sleutels, we hebben er het rijk alleen.'

Ik stemde in en dus pakte ik mijn scooter. Letizia sprong achterop en duwde haar borsten in mijn rug en haar adem in mijn nek. We lachten onderweg veel, ik slingerde voortdurend omdat ik niet gewend was iemand achterop te hebben en zij stak haar tong uit naar oude vrouwtjes terwijl ze haar armen om mijn taille sloeg.

Het leek me een bijzondere wereld die zich aan mij openbaarde toen Letizia de deur opendeed. Het was niet meer dan een huis, een huis dat niemands eigendom was, maar van de hele gay-gemeenschap. Het was van alles voorzien, in de bibliotheek stond zelfs naast de boeken een grote doos condooms. Op tafel lagen gay-tijdschriften en modebladen, tijdschriften over motoren, over medicijnen. Een kat liep door de kamers en streek langs ieder been en ik aaide hem zoals ik Morino aaide, mijn dierbare, prachtige kat (die nu hier opgerold op mijn bureau ligt. Ik hoor hem spinnen).

We hadden honger en Letizia en Floriana stelden voor pizza's te kopen bij een eettentje op de hoek. Terwijl ze op het punt stonden om naar buiten te gaan, keek Wendy me met een opgetogen gezicht en een dommige glimlach aan. Ze liep alsof ze sprong, ze leek op een soort dwaas aardmannetje. Ik was bang om met haar alleen achter te blijven, dus liep ik naar de deur en riep Letizia, en zei haar dat ik wel met haar mee wilde gaan, dat ik geen zin had om binnen te blijven. Mijn vriendin begreep onmiddellijk alles en met een glimlach haalde ze Floriana over om weer naar binnen te gaan. Terwijl we wachtten tot de pizza's gaar waren, praatten we weinig. Ten slotte zie ik: 'Stik, mijn vingers zijn bevroren!'

Ze keek me ondeugend, maar ook ironisch aan en zei: 'Mmm, goede tip, ik zal er rekening mee houden!'

Terwijl we terugliepen, kwamen we een vriend van Letizia tegen. Alles in hem was teer: zijn gezicht, zijn huid, zijn stem. Zijn oneindige zachtheid gaf me vanbinnen een heel gelukkig gevoel. Hij ging samen met ons naar binnen en we praatten een tijdje op de bank terwijl de anderen de tafel dekten. Hij vertelde me dat hij bij een bank werkte, al leek zijn al te gewaagde stropdas in duidelijk contrast te staan met de koele bankwereld. Hij klonk verdrietig, maar ik vond het te brutaal om te vragen wat hij had. Ik voelde me net zo. Toen ging Gianfranco weg en bleven wij vieren aan tafel kletsen en lachen. Eigenlijk kletste ik als enige onafgebroken, terwijl Letizia me aandachtig en soms onthutst aankeek terwijl ik over een man praatte met wie ik naar bed was geweest.

Daarna ben ik opgestaan en de nette, maar niet echt onderhouden tuin in gelopen waar hoge palmen en vreemde bomen met een doornige stam en grote, roze bloemen in de kroon waren geplant. Letizia kwam naar me toe en omhelsde me vanachter terwijl haar lippen een vluchtig kusje in mijn hals drukten.

Ik draaide me instinctief om en ontmoette haar mond: warm en heel zacht. Nu begrijp ik waarom mannen er zo van houden om een vrouw te kussen: de mond van een vrouw is zo onschuldig en puur, terwijl de mannen die ik heb ontmoet, altijd een glibberig spoor speeksel achterlieten en op vulgaire wijze met hun tong zoenden. De kus van Letizia was anders, fluweelzacht, fris maar tegelijkertijd intens.

'Je bent de mooiste vrouw die ik ooit heb ontmoet,' zei ze me terwijl ze me bij mijn gezicht vastpakte.

'Jij ook,' antwoordde ik. Ik weet niet waarom ik dat zei. Dat sloeg nergens op – ze was de enige vrouw voor mij!

Letizia nam mijn plaats in en deze keer leidde ik het spel, en wreef mijn lichaam tegen het hare. Ik omhelsde haar stevig en snoof haar geur op, daarna leidde ze me naar de andere kamer, deed mijn broek naar beneden en maakte een einde aan de zoete kwelling die ze een paar weken geleden was begonnen. Haar tong deed me smelten, maar ik rilde bij de gedachte dat ik een orgasme zou krijgen door de mond van een vrouw. Terwijl ze gehurkt voorovergebogen voor me zat, gericht op mijn genot en haar tong me likte, sloot ik mijn ogen en met de handen gevouwen als de pootjes van een angstig konijn, moest ik denken aan het mannetje dat in mijn kinderfantasieën sex met me had. Het mannetje heeft geen gezicht, geen kleuren, hij bestaat alleen uit een geslacht en een tong die ik naar believen gebruik. Hij was daar toen ik hijgend een orgasme kreeg, zijn mond vol met mijn lichaamsvocht en toen ik mijn ogen opende, zag ik haar, met één hand in haar slip bewegen voor het genot dat ook zij bereikte en dat misschien bewuster en oprechter was dan het mijne.

Daarna zijn we op de bank gaan liggen en ik geloof dat we even hebben geslapen. Toen de zon onder was en de hemel was verduisterd, liep ze met me mee naar de deur en ik zei tegen haar: 'Lety, we kunnen elkaar maar beter niet meer zien.'

Ze knikte, glimlachte zachtjes en zei: 'Dat denk ik ook.'

We gaven elkaar een laatste kus. Terwijl ik op de scooter naar huis reed, voelde ik me voor de zoveelste keer door iemand en door mijn slechte instincten gebruikt.

Ik geloof dat ik de warme, troostende stem van mijn moeder hoor, die me gisteren terwijl ik met koorts in bed lag het volgende verhaal vertelde:

'Iets moeilijks waar we niet om hebben gevraagd, kan een groot geschenk blijken te zijn. Weet je, Melissa, vaak krijgen we cadeaus terwijl we het niet weten. Zo was er eens een jonge koning die de regering over een koninkrijk kreeg. Hij was al bemind voordat hij koning werd, en zijn onderdanen, die verheugd waren over zijn kroning, schonken hem talrijke cadeaus. Na de ceremonie was de nieuwe koning aan het dineren in zijn paleis. Plotseling hoorde hij iemand op de deur kloppen. Zijn dienaren deden open en zagen een oude, armoedig geklede man die eruitzag als een bedelaar en die de koning wilde zien. De dienaren probeerden van alles om hem op andere gedachten te brengen, maar het hielp allemaal niets. Toen ging de koning naar buiten om hem te ontmoeten. De oude man overlaadde hem met complimenten. Hij zei dat hij heel mooi was en dat iedereen in het koninkrijk tevreden was met het feit dat hij hun koning was. Hij had als geschenk een meloen meegebracht. De koning hield niet van meloenen, maar uit vriendelijkheid nam hij hem toch aan, bedankte hem en de man ging opgetogen weg. De koning ging zijn paleis weer binnen, gaf de vrucht aan de dienaren en zei dat ze die in de tuin moesten gooien.

De week daarop werd op hetzelfde tijdstip opnieuw aan de deur geklopt. De koning kwam ook deze keer naar buiten en de bedelaar loofde hem en bood hem weer een meloen aan. De koning bedankte en groette de oude man en wierp net als de vorige keer de meloen in de tuin. Dit tafereel herhaalde zich wekenlang: de koning was te beleefd om de oude man te beledigen of zijn vrijgevigheid te minachten.

Op een avond, toen de oude man een meloen aan de koning wilde geven, sprong een aap van een zuilenrij van het paleis naar beneden waardoor de vrucht uit zijn handen viel. De meloen barstte open tegen de muur van het paleis. Toen de koning opkeek, zag hij uit het hart van de meloen diamanten regenen. Opgewonden rende hij naar zijn achtertuin: alle meloenen waren vergaan en overal lagen bergjes diamanten.'

Ik viel haar in de rede en zei: 'Mag ik de moraal vertellen?' verrukt over het mooie verhaal.

Ze glimlachte en zei: 'Jazeker.'

Ik haalde diep adem zoals ik dat altijd op school doe als ik de beurt krijg: 'Soms geven pijnlijke situaties, problemen en moeilijkheden je een kans om geestelijk te groeien: heel vaak schittert precies tussen de problemen het licht van een waardevolle juweel. Het is dus slim om open te staan voor pijnlijke en moeilijke dingen.'

Ze glimlachte opnieuw, streelde mijn haren en zei: 'Je bent gegroeid, kleintje. Je bent een prinses.'

Ik had zin om te huilen maar ik hield me in. Mijn moeder weet niet dat de meloenen van de koning voor mij de wrede bestialiteiten zijn geweest van onbeschofte mannen die niet in staat zijn om van iemand te houden.

Vandaag is de prof opnieuw naar school gekomen om me te zien. Ik verwachtte hem en gaf hem een slip met een briefje.

Deze slip ben ik. Van alle dingen beschrijft hij me het beste. Bij wie zou die slip met dat motief en die vreemde hangende strikjes beter passen dan bij een kleine Lolita?

Maar het is niet alleen mijn slip, ik en mijn lichaam zijn die slip.

Ik heb hem vaak gedragen toen ik sex bedreef, misschien niet met jou, maar dat doet er niet toe... Die strikjes vormen een belemmering voor mijn driften en mijn zintuigen, het zijn veters die niet alleen een afdruk achterlaten op mijn huid, maar ook mijn gevoelens blokkeren. Stel je mijn naakte lichaam voor met alleen deze slip aan: als je één strik losmaakt, wordt één deel van me als een geest vrijgelaten: de Sensualiteit. De geest van de Liefde zit nog vast door de strik op de linkerheup. Degene die het deel van de Sensualiteit heeft losgemaakt, zal alleen de vrouw, het kind of in het algemeen iemand van het vrouwelijke geslacht zien, die alleen in staat is om sex te hebben, niets meer. Hij bezit me slechts voor de helft en dat is waarschijnlijk wat ik in de meeste gevallen wil. Wanneer iemand de kant van de Liefde losmaakt, zal ik ook in dit geval maar één deel van me geven: een heel klein deel, maar dat wel diepgang kent. In het leven komt op een willekeurige dag misschien de gevangenisbewaarder langs die je beide sleutels overhandigt waarmee je de twee geesten kunt bevrijden: de Sensualiteit en de Liefde vliegen vrij rond. Je voelt je goed, vrij, voldaan en de geest en het lichaam vragen niets meer, ze kwellen je niet meer met hun verlangens. Als een teder geheim worden ze bevrijd door een hand die weet hoe hij je moet liefkozen, hoe hij je moet bespelen, en alleen al de gedachte aan zijn hand vervult je lichaam en geest met warmte.

Ruik nu dat deel van mij dat zich precies in het midden van de Liefde en de Sensualiteit bevindt: dat is mijn Ziel, die samen met mijn lichaamsvocht naar buiten komt.

Je had gelijk toen je me zei dat ik geboren ben om te neuken. Zoals je ziet voelt ook mijn Ziel de behoefte om begeerd te worden en scheidt haar geur uit, een vrouwengeur. Misschien is het jouw hand geweest die mijn geesten heeft bevrijd, prof.

Ik durf te zeggen dat alleen jouw reuk in staat is geweest mijn lichaamsvocht, mijn Ziel, op te vangen. Scheld me niet uit, prof, als ik hierdoor mijn evenwicht ben kwijtgeraakt. Ik voel dat ik dit móet doen, zodat ik er later geen spijt van zal hebben dat ik iets heb verloren voordat ik het kon grijpen. Dit knarst in me als een niet geoliede deur, het lawaai is oorverdovend. Wanneer ik met jou ben, in jouw armen lig, zijn mijn slip en ik vrij van iedere belemmering, van iedere keten. Maar de geesten stuiten in hun vlucht op een muur: de vreselijke, onrechtvaardige muur van de tijd, die langzaam voor de een, snel voor de ander verstrijkt, een reeks cijfers die ons op afstand houdt. Ik hoop dat je wiskundig intellect een uitgangspunt kan bieden om deze vreselijke vergelijking op te lossen. Maar daar gaat het niet alleen om: je kent slechts één deel van me, hoewel je de andere twee hebt bevrijd. En dat is niet het deel dat ik wil laten leven, niet alleen. Het is aan jou om te beslissen of je onze relatie een andere wending wilt geven en die 'spiritueler' wilt laten worden, met iets meer diepgang. Ik vertrouw op je. Je Melissa.

23 mei
15.14 uur

Waar is Valerio? Waarom heeft hij me niet eens een kus gegeven?

29 mei 2002
2.30 uur

Ik huil, ik huil van intense vreugde. Ik heb altijd geweten dat vreugde en geluk bestaan. Die ik heb gezocht in veel bedden, in veel mannen, ook in een vrouw, die ik heb gezocht in mezelf en die ik vervolgens door mijn eigen schuld ben kwijtgeraakt. Op de meest anonieme en banaalste plek heb ik ze hervonden. Niet in een persoon, maar in de blik van een persoon. Samen met Giorgio en de anderen ben ik naar een nieuwe uitgaansgelegenheid gegaan, die hier kort geleden vlak bij mijn huis, op vijftig meter van zee, is geopend. Het is een Arabische tent, met buikdanseressen die om de tafels dansen en de bestelling serveren, en verder met kussens op de grond, kleden, kaarslicht en de geur van wierook. Het was er ontzettend druk, dus besloten we te wachten tot er een tafeltje vrijkwam om te kunnen zitten. Ik stond tegen een lantaarn geleund en dacht aan het telefoontje van Fabrizio dat niet goed was geëindigd. Ik heb hem gezegd dat ik niets meer met hem te maken wilde hebben, dat ik hem niet meer wilde zien.

Hij barstte in tranen uit en zei dat hij me alles zou geven, te weten: geld, geld en nog eens geld.

'Als dat het is wat je aan een mens wilt geven, dan moet je niet bij mij zijn. Ik dank je evengoed voor je aanbod,' riep ik ironisch uit, waarna ik de verbinding heb verbroken en zijn telefoontjes niet meer heb beantwoord. Dat zal ik ook echt nooit meer doen. Ik haat die man: het is een worm, een smeerlap, ik wil me niet meer aan hem geven.

Ik dacht aan dit alles en aan Valerio, ik zat daar met gefronste wenkbrauwen en mijn blik op een vast punt in de verte gericht. Toen ik deze vervelende gedachten van me afzette, kruiste mijn blik de zijne. Hij keek wie weet hoe lang al naar me met een vluchtige, lieve blik. Ik keek steeds met korte tussenpozen weer naar hem en hij naar mij. We lieten onze blik los om onze ogen direct daarna weer op elkaar te laten vallen. Zijn ogen waren indringend en oprecht, en deze keer creëerde ik geen absurde fantasieën om mezelf te kwetsen en te straffen. Deze keer geloofde ik er echt in. Ik zag zijn ogen, ze waren daar, ze keken me aan. Ze leken me te zeggen dat ze van me wilden houden, dat ze me werkelijk wilden leren kennen. Geleidelijk aan begon ik hem beter te bekijken: hij zat met gekruiste benen en met een sigaret tussen zijn vingers. Hij had vlezige lippen een beetje geprononceerde neus en ogen als van een Arabische prins. Wat hij gaf, gaf hij alleen aan mij, aan mij alleen. Hij keek niet naar een ander meisje, hij keek naar mij en niet zoals een willekeurige man op straat geneigd is om te doen, maar met oprechtheid en eerlijkheid. Ik weet niet om wat voor duistere reden het gebeurde, maar er ontsnapte me een iets te harde lach, ik kon me niet inhouden. Het geluk was zo groot dat het zich niet kon beperken tot een glimlach. Giorgio keek me vermaakt aan en vroeg me wat ik had. Met een handgebaar zei ik hem dat dat niet belangrijk was en ik omhelsde hem om deze onverwachte explosie te rechtvaardigen. Ik draaide me opnieuw om en merkte dat hij me lachend aankeek, en hij toonde me zijn prachtige witte tanden. Toen kalmeerde ik en zei tegen mezelf: *Alsjeblieft, Melissa, laat hem gaan. Laat hem zien dat je een domoor bent, een zwakzinnige, een stuk onbenul. Maak hem dat meteen duidelijk, stel dat niet langer uit!*

Terwijl ik dit dacht, liep er een meisje langs dat over zijn haren streek. Hij keek haar maar heel even aan en ging vervolgens een beetje verzitten om mij beter te kunnen zien.

Giorgio leidde mijn aandacht af: 'Meli, we gaan ergens anders heen. Ik barst van de honger, ik heb geen zin om nog langer te wachten.'

'Toe, Giorgio, nog tien minuten, je zult zien dat er een vrijkomt...' antwoordde ik, want ik had geen zin me los te maken van die blik.

'Waarom wil je hier zo graag blijven? Komt het soms door een of andere man?'

Ik glimlachte en knikte.

Hij zuchtte en zei: 'We hebben het hier uitgebreid over gehad. Melissa, doe het een tijdje rustig aan, mooie dingen komen vanzelf.'

'Deze keer is het anders. Ach, toe...' zei ik hem als een verwend klein kind.

Hij zuchtte en zei dat zij andere eettentjes in de buurt zouden afgaan. Als daar plaats was, zou ik onverbiddelijk met hem moeten meegaan.

'Oké!' zei ik, er helemaal zeker van dat ze op dat tijdstip nergens een plekje zouden vinden. Ik zag ze de ijssalon met Japanse parasols boven elk tafeltje binnenlopen. Ik leunde opnieuw tegen de lantaarn en probeerde hem zo min mogelijk recht aan te kijken. Plotseling zag ik hem opstaan en ik denk dat mijn gezicht direct vuurrood werd. Ik wist niet wat ik moest doen, ik voelde me in grote verlegenheid gebracht. Dus draaide ik me om naar de straat en deed net alsof ik op iemand stond te wachten door naar alle auto's te kijken die langskwamen. Mijn Indiase zijden broek fladderde door de zachte zeewind. Ik hoorde zijn warme, diepe stem boven mijn schouders: 'Waar wacht je op?'

Ik moest plotseling denken aan een oud slaapliedje dat ik als kind in een sprookjesboek heb gelezen, dat mijn vader had meegenomen van een van zijn reizen. Ik zei het spontaan op terwijl ik me naar hem omdraaide: 'Ik wacht, ik wacht, in de donkere nacht, en open de deur als iemand aanklopt. Na het slechte komt het goede fortuin en komt hij die de kunst niet verstaat.'

We zwegen, serieus kijkend, daarna proestten we het uit. Hij stak zijn zachte hand uit en ik schudde die langzaam, maar ferm.

'Claudio,' zei hij terwijl hij me recht bleef aankijken.

'Melissa,' kon ik op een of andere manier nog uitbrengen.

'Wat was dat wat je net opzei?'

'Wat? O, daarnet! Dat is een slaapliedje uit een sprookje, ik ken het al vanaf mijn zevende uit mijn hoofd.'

Hij knikte als om te zeggen dat hij het begreep. Weer een stilte, een panische stilte. Een stilte die verbroken werd door mijn aardige, onhandige vriend die op me af kwam rennen en zei: 'Hé, dommie, we hebben een plaats gevonden. Kom, we wachten op je.'

'Ik moet gaan,' fluisterde ik.

'Mag ik aan je deur kloppen?' vroeg hij ook zachtjes.

Ik keek hem verbijsterd aan – zo veel brutaliteit, die niet voortkwam uit arrogantie, maar uit de wil om het niet hier te laten eindigen.

Ik knikte met enigszins vochtige ogen en zei: 'Ik ben hier vaak in de buurt, ik woon precies hierboven,' en wees hem mijn balkon.

'Dan kom ik je een serenade brengen,' grapte hij knipogend.

We zeiden elkaar gedag en ik heb me niet meer omgedraaid om nog een keer naar hem te kijken, niet omdat ik dat niet wilde maar omdat ik bang was het te bederven.

Giorgio vroeg me: 'Was dat hem?'

Ik glimlachte, kneep hem in zijn wang en antwoordde: 'Daar zul je snel genoeg achterkomen.'

4 juni 2002
18.20 uur

Het was geen grap! Hij heeft me echt een serenade gebracht. De mensen liepen langs en keken nieuwsgierig toe, ik lachte als een idioot op mijn balkon terwijl een gezette, blozende man een enigszins versleten gitaar bespeelde en heel vals maar onweerstaanbaar een liedje ten gehore bracht. Net zo onweerstaanbaar als het liedje zelf, dat mijn hart en ogen vulde. Het verhaalde van een man die door de gedachte aan zijn beminde niet kan slapen. De melodie is smartelijk en gevoelig. Het gaat ongeveer zo:

> Ik draai en draai zuchtend
> en blijf de hele nacht klaarwakker
> je in gedachten bekijken
> Ik denk de hele nacht aan je
> Door jou kan ik geen uur slapen
> mijn bedroefde hart kent geen rust
> Wil je weten wanneer ik je zal opgeven?
> Als mijn leven eindigt en dooft

Wil je weten wanneer ik je zal opgeven? Als het leven eindigt en dooft.

Het was een groot gebaar, een subtiele, traditionele, zo je wilt, banale hofmakerij, maar lovenswaardig.

Toen hij klaar was, schreeuwde ik lachend vanaf het balkon: 'En nu, wat moeten we nu doen? Als ik me niet vergis, moet ik, als ik op je avances wil ingaan, het licht in mijn kamer aandoen en als ik niet wil, moet ik dat juist uitdoen.'

Hij antwoordde niet, maar ik wist wat ik moest doen. In de gang kwam ik mijn vader tegen (ik liep hem haast omver), die me nieuwsgierig vroeg wie dat was die stond te zingen. Ik lachte luid en antwoordde hem dat ik dat niet wist.

Ik holde over de trap naar beneden, zoals ik op dat moment gekleed was: in een korte broek met T-shirt. Ik deed de deur open en toen blokkeerde ik. Moest ik hem tegemoet rennen en stevig omhelzen of gelukkig glimlachen en hem bedanken met een stevige handdruk? Ik stond stokstijf in de deuropening en hij begreep dat ik niet naar hem toe zou lopen zonder een teken, dus kwam hij zelf.

'Je ziet eruit als een bang kuikentje... Sorry als ik opdringerig ben geweest, maar het was sterker dan ikzelf.'

Hij omhelsde me zachtjes en ik hield mijn armen op zijn plaats, het lukt me niet zijn gebaar te beantwoorden...

'Melissa... Mag ik je uitnodigen voor een etentje vanavond?'

Ik knikte ja en glimlachte naar hem. Toen kuste ik hem zacht op de wang en liep de trap weer op.

'Wie was dat nou?' vroeg mijn ontzettend nieuwsgierige moeder.

Ik haalde mijn schouders op: 'Niemand, mama, niemand...'

12.45 uur 's nachts

We hebben het over onszelf gehad, we hebben elkaar meer verteld dan ik had gedacht dat ik zou zeggen en horen. Hij is twintig jaar, studeert moderne letteren en heeft een intelligente en levendige uitstraling, die hem ongelooflijk aantrekkelijk maakt. Ik luisterde aandachtig, ik vond het leuk om hem te zien praten. Ik voelde een trilling in mijn keel en in mijn buik. Ik zat voorovergebogen als de steel van een bloem, maar ik was niet gebroken. Claudio is zacht, rustig, geruststellend. Hij vertelde me dat hij liefde heeft gekend, maar dat die hem is ontglipt.

Terwijl hij met een vinger over de rand van zijn glas streek, vroeg hij me: 'En jij? Wat vertel jij me over jezelf?'

Ik ging open. Ik liet een straaltje licht gloren door die dichte mist rond mijn ziel. Ik heb hem iets verteld over mezelf en over mijn ongelukkige avonturen, maar ik heb absoluut niet gezinspeeld op mijn verlangen oprechte gevoelens te ontdekken en te vinden.

Hij keek me met een aandachtige, verdrietige blik aan en zei: 'Ik ben blij dat je me over je verleden hebt verteld. Dat versterkt het beeld dat ik al van je had.'

'Wat voor beeld?' vroeg ik, bang dat hij me zou verwijten te makkelijk te zijn.

'Dat je een meisje, sorry, een vrouw bent die bepaalde dingen heeft doorgemaakt om te worden wie je bent met die doordringende blik. Melissa, ik heb nog nooit een vrouw ontmoet zoals jij... De genegenheid en tederheid die ik voor je voel gaan over in een mysterieuze, onweerstaanbare aantrekkingskracht.' Zijn betoog werd onderbroken door lange stiltes waarin hij me aankeek en weer wegkeek.

Ik lachte: 'Je kent me nog niet goed genoeg om dat te zeggen. Je kunt hooguit een van die gevoelens hebben die je net noemde of geen van beide.'

'Tja, dat is waar,' zei hij nadat hij aandachtig naar me had geluisterd. 'Maar ik wil graag proberen je te leren kennen, vind je dat goed?'

'Jazeker, dat vind ik geen probleem!' zei ik terwijl ik mijn hand op de zijne legde.

Het was alsof ik droomde, een prachtige droom zonder einde.

1.20 uur

Ik heb net een berichtje van Valerio ontvangen. Hij zegt dat hij me wil zien. Ik denk eigenlijk nog zelden aan hem. Ik weet het, ik zou nog één keer met de prof moeten vrijen om erachter te komen wat Melissa echt wil, of ze een monster is of een persoon die in staat is liefde te geven en te ontvangen.

10 juni 2002

Heerlijk, het schooljaar is afgelopen! Dit jaar waren mijn cijfers enigszins teleurstellend, maar ik heb er weinig voor gedaan en mijn leraren hebben niet erg hun best gedaan om me te begrijpen. Maar ik heb het verdiend dat ik overga, ze hebben me niet helemaal klein weten te krijgen.

Vanmiddag heb ik Valerio gezien. Hij vroeg me naar Bar Epoca te komen. Ik ben haastig van huis gegaan en dacht dat dat het moment zou zijn waarop ik erachter zou komen wat ik wilde. Toen ik aankwam, ging ik plotseling boven op de rem staan en liet remsporen achter op het asfalt. Ik trok de aandacht van iedereen. Valerio zat alleen aan een tafel en bekeek lachend, zijn hoofd schuddend, al mijn handelingen. Ik probeerde een houding aan te nemen terwijl ik langzaam liep en serieus keek.

Heupwiegend liep ik naar zijn tafeltje en toen ik dicht bij hem was, zei hij: 'Loly, zag je niet dat iedereen naar je keek toen je hierheen liep?'

Ik schudde mijn hoofd.

'Ik beantwoord niet alle blikken.'

Toen dook achter Valerio een man op met een mysterieuze, een beetje norsige uitstraling. Hij stelde zich voor en zei dat hij Flavio heette. Ik nam hem aandachtig op, maar hij maakte een einde aan mijn onderzoek met de woorden: 'Je meisje heeft een te slimme blik en te mooie ogen voor iemand van haar leeftijd.'

Ik liet Valerio niet antwoorden, maar nam direct zelf het woord: 'Je hebt gelijk, Flavio. Blijft het bij ons drieën of komen er nog meer?' Ik kom direct tot de kern. Ik heb geen zin in beleefdheidsgesprekjes en glimlachjes wanneer het doel duidelijk is.

Een beetje verslagen keek Flavio Valerio aan en die zei: 'Ze is grillig, je kunt maar beter doen wat ze zegt.'

'Zie je, Melissa,' ging Flavio verder, 'Valerio en ik waren van plan je een bijzondere avond te bezorgen. Hij heeft me over je verteld, en in het begin deinsde ik een beetje terug voor je leeftijd, maar nadat ik had gehoord hoe je bent... ben ik eh... gezwicht. Ik ben heel benieuwd om je in actie te zien.'

Ik zei hem alleen: 'Hoe oud ben je, Flavio?'

Hij antwoordde dat hij vijfendertig was. Ik knikte, ik had gedacht dat hij ouder was maar ik geloofde hem.

'Wanneer zou die bijzondere avond zijn?' vroeg ik.

'Volgende week zaterdagavond, om tien uur in een huis aan zee. Ik kom je ophalen, samen met Valerio, bedoel ik...'

'Als ik de uitnodiging aanneem.'

'Natuurlijk, als je de uitnodiging aanneemt.'

Er viel een korte stilte en daarna vroeg ik: 'Moet ik iets bijzonders aantrekken?'

'Als je maar niet te veel je leeftijd verraadt. Iedereen denkt dat je achttien bent.'

'Iedereen? Hoeveel zijn dat er dan?' vroeg ik aan Valerio.

'We weten ook niet precies hoeveel, in ieder geval vijf stellen. Of er nog meer mensen komen, weten we nog niet.'

Ik besloot op de uitnodiging in te gaan. Het spijt me voor Claudio, maar ik weet niet zeker of een type als ik in staat is van hem te houden. Ik geloof niet dat ik hem gelukkig zal kunnen maken.

15 juni 2002

Nee, ik ben niet het meisje dat hem gelukkig zal maken. Ik verdien hem niet. Mijn telefoon blijft rinkelen door zijn telefoontjes en zijn sms'jes. Ik laat hem gaan. Ik antwoord niet, ik negeer hem volledig. Hij zal er genoeg van krijgen en zijn geluk ergens anders gaan zoeken. Waarom ben ik toch zo bang?

Zwijgend, met slechts zo nu en dan een kort gesprek, kwamen we aan op onze bestemming. Het was in een huisje buiten de stad, aan de andere kant van de kust waar de rotsen verbrokkelen en overgaan in zand. Het was een verlaten plek en het huis lag nogal uit het zicht. We passeerden een hoog hek en ik telde de auto's die op de weg stonden geparkeerd: het waren er zes.

'Schat, we zijn er,' zei Flavio op een manier die ontzettend irriteerde... Ken ik die vent? Hoe durft hij me schat en kleintje te noemen... Ik kan hem wel wurgen!

Een aantrekkelijke, geparfumeerde vrouw van ongeveer veertig jaar deed de deur open. Ze nam me van top tot teen op en wisselde een goedkeurende blik met Flavio, die zwakjes lachte. We liepen door een lange gang met grote abstracte schilderijen aan de muren. Eenmaal in de kamer voelde ik me bijzonder ongemakkelijk, want tien paar ogen was op me gericht: voor het merendeel gedistingeerde mannen met stropdas, sommigen droegen een masker dat hun gezicht bedekte, maar de meesten verborgen hun gezicht niet. Er kwamen een paar vrouwen op me af lopen die me vragen stelden waarop ik antwoordde met leugens die ik van tevoren had geoefend met Valerio. De prof kwam naast me staan en fluisterde me toe: 'Ik kan niet wachten om te beginnen... Ik wil je likken en de hele nacht in je zijn en daarna toekijken hoe je het met anderen doet.'

Ik dacht aan de glimlach van Claudio: hij zou me nooit willen zien vrijen met anderen.

Flavio bracht me een glas whisky, hetgeen me deed denken aan een paar maanden geleden. Ik liep naar de piano en dacht aan hoe ik enkele dagen daarvoor ook Roberto had gedumpt. Ik heb hem gedreigd alles aan zijn vriendin te vertellen als hij niet ophield me te bellen en dat hij zijn vrienden moest zeggen hun mond over mij te houden. Het werkte, hij heeft niets meer van zich laten horen.

Op een bepaald moment kwam er een man van in de dertig naar me toe, met lichte tred alsof hij vloog. Hij droeg een rond brilletje en had grote blauwgroene ogen in een gezicht met uitgesproken trekken, maar wel mooi.

Hij nam me aandachtig op en zei toen: 'Ciao, ben jij het meisje over wie zo veel wordt gesproken?'

Ik keek hem vragend aan en antwoordde: 'Dat hangt ervan af waarover je het hebt... Wat wordt er dan precies gezegd?'

'Nou... we weten dat je heel jong bent, persoonlijk geloof ik niet dat je al achttien bent. Niet omdat je er niet zo uitziet, maar omdat ik dat aanvoel... Maar goed, ze zeggen dat jij vaak hebt deelgenomen aan avonden als deze, maar dan alleen met mannen...'

Ik begon te blozen en kon wel door de grond gaan. 'Wie heeft je dat verteld?' vroeg ik.

'Ach, dat is toch niet zo belangrijk, dat gerucht gaat... Je bent een lekkere slet, toch?'

Ik probeerde kalm te blijven en het spel mee te spelen om niet alles te bederven.

'Ik heb nooit van vaste patronen gehouden. Ik heb de uitnodiging aangenomen omdat ik wilde...'

Hij keek me aan en wist heel goed dat ik loog en zei: 'Patronen bestaan altijd. Sommige mensen hanteren rechtlijnige, geordende patronen, anderen een grillig, rococo-patroon.'

'Ik heb een gemengd patroon,' zei ik geboeid door zijn antwoord.

Valerio kwam op ons af lopen en vroeg me bij hem op de bank te komen zitten.

Ik knikte tegen de man, zonder afscheid te nemen, want we zouden elkaar in de loop van de avond ongetwijfeld nog tegenkomen.

Op de bank zaten een jonge gespierde man en twee ordinaire vrouwen met een opvallende make-up en een platinablonde haardos.

De prof en ik zaten in het midden van de bank. Hij had een hand onder mijn shirt gestoken en streelde mijn borst, waardoor ik me direct in verlegenheid voelde gebracht en me schaamde.

'Kom op, Valerio... moeten uitgerekend wij beginnen?'

'Waarom niet, vind je dat vervelend?' vroeg hij me terwijl hij in mijn oorlel beet.

'Nee, dat dacht ik niet... Ze straalt duidelijk uit dat ze er wel zin in heeft,' zei de spierbundel arrogant.

'Waar zie je dat dan aan?' vroeg ik hem uitdagend.

Hij antwoordde niet, maar ging met een hand onder mijn rok tussen mijn dijen en kuste me onstuimig. Ik liet me gaan, dat domme geweld ging opnieuw met me aan de haal. Ik tilde mijn billen een beetje op om hem te kussen en de prof maakte hier meteen gebruik van. Hij streelde zachtjes en langzaam mijn billen, daarna werden zijn gebaren gedecideerd en warm. De mensen om me heen bestonden niet meer, ook al stonden ze naar me te kijken en te

148

wachten tot een van de twee mannen naast me me penetreerde. Terwijl de jongen me kuste, sloeg een van de twee
vrouwen haar armen om zijn borst en zoende zijn nek. Op
een bepaald moment schoof Valerio mijn rok omhoog:
iedereen bewonderde mijn kont en mijn geslacht openlijk
op een onbekende bank tussen onbekende mensen. Ik had
mijn rug gebogen en gaf me volledig aan hem terwijl de
zak voor me mijn borsten vastgreep en er hard in begon te
knijpen.

'Mmm, je ruikt naar een jonge vis,' zei een man die aan
me kwam snuffelen. 'Je bent zacht en glad als een net
schoongemaakte, verse vis.'

De jonge vis zal groeien en daarna eerst zijn kleur en
vervolgens zijn smaak verliezen. Daarna wordt zijn huid
week en uitgemergeld. Op het laatst rot hij weg en vreten
de wormen zijn ingewanden op.

Ik sperde mijn ogen wijdopen. Mijn gezicht kleurde, ik
draaide me in een klap om naar de prof en zei: 'We gaan,
ik wil niet.'

Het gebeurde precies op het moment dat mijn lichaam
zich helemaal overgaf. Arme Flavio, arme spierbundel, arme allemaal en arme ik. Ik liet iedereen en mezelf als een
blok vallen, trok haastig mijn kleren goed en met tranen in
mijn ogen ben ik weggerend door de lange gang. Ik deed
de voordeur open en liep naar de auto die op het weggetje
stond geparkeerd.

Onderweg werd er geen woord gesproken. Alleen toen
ik bij de voordeur kwam, zei ik: 'Je hebt me nog helemaal
niets over mijn brief gezegd.'

Secondenlang was het stil en toen klonk alleen: 'Vaar-
wel, Lolita.'

20 juni
6.50 uur

Ik plaatste mijn lippen op de hoorn en hoorde zijn stem, die net uit haar slaap was ontwaakt. 'Ik wil met je leven,' fluisterde ik met een dun stemmetje.

24 juni

Het is nacht, ik ben buiten op het terras en kijk naar de zee.

Ze is zo kalm, zo rustig, zo lieflijk. De lauwe warmte zwakt de golven af. Ik hoor in de verte hun vredige en fijne geluid. De maan is een beetje verduisterd en lijkt me aan te kijken met een meelevende en toegeeflijke blik.

Ik vraag haar wat ik moet doen.

Ze vertelt me dat het moeilijk is het hart te ontdoen van zijn ijslaag.

Mijn hart... Ik kon me niet herinneren dat ik er een had. Misschien heb ik het nooit geweten.

Geen enkele filmscène heeft me nooit ontroerd, een intens lied heeft me nooit geraakt en in de liefde heb ik altijd maar half geloofd, omdat ik dacht dat het onmogelijk was die echt te kennen. Ik ben nooit cynisch geweest, dat niet. Alleen heeft niemand me geleerd hoe ik de liefde die ik in me verborgen hield, onzichtbaar voor iedereen, naar buiten moet laten komen. Ze was wel ergens, ze moest alleen worden opgediept... Ik heb haar gezocht door mijn verlangen naar liefde te richten op een wereld waaruit de liefde is verbannen. Niemand, maar dan ook niemand, heeft mij tegengehouden en gezegd: 'Nee, kleintje, hier mag je niet komen.'

Mijn hart is opgesloten in een ijsblok en het was gevaarlijk die met een vastberaden stoot kapot te maken: mijn hart zou er voor altijd door zijn verwond.

Maar dan schijnt op een dag de zon. Niet deze brandende, vuurspuwende, brandstichtende Siciliaanse zon, maar een zachte, discrete, genereuze zon, die langzaam het ijs laat ontdooien zodat mijn dorre ziel niet in één klap overstroomt.

In het begin dacht ik dat ik hem moest vragen wanneer we zouden vrijen, maar toen ik op het punt stond dat te doen, beet ik op mijn lippen. Hij begreep dat er iets was en vroeg: 'Wat is er, Melissa?' Hij noemt me bij mijn naam, voor hem ben ik Melissa, ik ben een persoon en een wezen, niet een object of een lichaam.

Ik schudde mijn hoofd: 'Niets, Claudio, echt niet.'

Hij pakte mijn hand en legde die op zijn borst.

Ik haalde diep adem en stamelde: 'Ik vroeg me af wanneer je zou willen vrijen...'

Hij zweeg en ik schaamde me dood, ik voelde mijn wangen gloeien.

'Nee, Melissa, nee, schat... Ik moet niet beslissen wanneer we gaan vrijen, we beslissen samen of en wanneer we dat doen,' zei hij glimlachend.

Ik keek hem verbaasd aan en hij begreep uit mijn verdwaasde blik dat hij door moest gaan met praten.

'Want zie je... als twee personen samensmelten is dat het toppunt van spiritualiteit, en dat kun je alleen maar bereiken als je van elkaar houdt. Het is alsof lichamen worden meegesleurd in een draaikolk en geen van tweeën meer zichzelf blijft, maar de een op de meest intieme, innerlijke, mooist denkbare manier in de ander overgaat.'

Nog meer verbijsterd vroeg ik hem wat dat betekende.

'Ik hou van je, Melissa,' antwoordde hij.

Waarom kent deze man zo goed datgene waarvan ik tot voor kort dacht dat dat niet te vinden was? Waarom heeft het leven mij tot nu toe alleen maar slechtheid, viezigheid en wreedheid op mijn pad gebracht? Kan dit buitengewone wezen me bij de hand nemen en me uit het smalle, stinkende gat omhoogtrekken waarin ik angstig in elkaar gedoken zit? Maan, denk je dat hij dat kan?

Een ijslaag laat zich maar moeilijk verwijderen van het hart. Maar misschien kan het hart zo snel kloppen dat de laag in duizend stukjes breekt.

30 juni

Ik voel dat mijn enkels en polsen gebonden zijn door een onzichtbaar koord. Ik hang in de lucht en iemand beneden trekt aan me en schreeuwt met een helse stem, en tegelijkertijd trekt iemand van boven. Ik slinger heen en weer en huil. Soms raak ik de wolken, dan weer de wormen. Ik spreek hardop mijn naam uit: *Melissa, Melissa, Melissa...* als een magisch woord dat me kan redden. Ik grijp me vast aan mezelf, ik ben aan mezelf vastgebonden.

Ik heb de muren in mijn kamer opnieuw geschilderd. Nu zijn ze helderblauw en boven mijn bureau hangt niet meer de zwoele blik van Marlène Dietrich, maar een foto van mezelf met mijn haren in de wind terwijl ik naar de boten in de haven kijk. Achter me staat Claudio, die me bij mijn middel vasthoudt en zijn handen op mijn witte blouse laat rusten en zijn gezicht naar mijn schouder brengt en dat kust. Hij lijkt de boten niet te zien, hij lijkt volledig op te gaan in zijn contemplatie.

Nadat de foto was genomen, had hij 'Melissa, ik hou van je' in mijn oor gefluisterd.

Ik legde mijn wang tegen zijn wang en ademde diep in om het moment te proeven, en ik draaide me om. Ik nam zijn gezicht in mijn handen, kuste hem met een tederheid die ik daarvoor niet kende, en fluisterde: 'Ik hou ook van jou, Claudio...'

Een huivering en een rilling trokken door mijn lichaam voordat ik me in zijn armen stortte en hij me stevig omhelsde en me kuste met een ongekende hartstocht die niet voortkwam uit zin in sex, maar uit liefde.

Ik heb ontzettend gehuild, zoals ik nog nooit in het bijzijn van iemand had gehuild.

'Help me, mijn lief, alsjeblieft,' smeekte ik luid.

'Ik ben hier voor jou, ik ben hier voor jou...' zei hij terwijl hij me omhelsde zoals nog nooit een man had gedaan.

13 juli

We hebben in een innige omhelzing op het strand geslapen. We hielden ons warm met onze armen en zijn nobel-
heid en respect doen me trillen van afgunst. Zal ik al deze
schoonheid kunnen teruggeven?

24 juli

Angst, zo veel angst.

30 juli

Ik ontsnap en hij pakt me weer. Het is fijn om zijn handen
te voelen die me vasthouden zonder me te onderdrukken...
Ik huil vaak en iedere keer als ik dat doe, houdt hij me stevig tegen zich aangedrukt, ademt in mijn haren en leg ik
mijn gezicht op zijn borst. Ik voel de verleiding om te
vluchten en terug in de afgrond te vallen, terug de tunnel
in te rennen om er nooit meer uit te komen. Maar zijn armen bieden me steun, ik vertrouw op ze en ik vertrouw
erop dat ik mezelf nog kan redden.

12 augustus 2002

Mijn verlangen naar hem is zo sterk en heftig, ik kan niet
zonder zijn aanwezigheid. Hij omhelst me en vraagt me
van wie ik ben.

'Van jou,' antwoord ik, 'helemaal van jou.'

Hij kijkt me diep in de ogen en zegt: 'Kleintje, kwets jezelf niet meer, alsjeblieft. Je zou mij ook enorm kwetsen.'

'Ik zal je nooit pijn doen,' zeg ik.

'Dat moet je niet voor mij doen, maar in de allereerste plaats voor jezelf. Je bent een bloem, laat ze je niet meer platstampen.'

Hij raakt heel licht mijn lippen met zijn lippen aan en vult me met liefde.

Ik glimlach, ik ben gelukkig. Hij zegt: 'Oké, nu moet ik je wel kussen, nu kan ik niet anders dan die glimlach stelen en voor eeuwig op mijn lippen drukken. Je maakt me gek, je bent een engel, een prinses, ik zou je de hele nacht willen beminnen.'

In een sneeuwwit bed passen onze lichamen zich perfect aan elkaar aan. Zijn en mijn huid vermengen en worden samen kracht en tederheid. We kijken elkaar in de ogen terwijl hij zachtjes in me glijdt zonder me pijn te doen, omdat mijn lichaam niet verkracht maar slechts bemind moet worden. Ik sla mijn armen en mijn benen om hem heen, zijn zuchten versmelten met de mijne, zijn vingers vlechten zich in mijn vingers en zijn genot vermengt zich onlosmakelijk met mijn genot.

Ik val in slaap op zijn borst, mijn lange haren vallen op zijn gezicht, maar hij is daar gelukkig om en hij kust honderden keren mijn hoofd.

'Beloof me, beloof me één ding: dat we elkaar nooit verliezen, beloof me dat,' fluister ik.

Een stilte volgt. Hij streelt mijn rug en ik voel onweerstaanbare rillingen. Hij gaat nog een keer naar binnen terwijl ik mijn dijen laat versmelten met de zijne.

Terwijl ik me zacht beweeg, zegt hij: 'Jij zult mij niet verliezen en ik zal jou niet verliezen op twee voorwaarden. Je moet je geen gevangene voelen van mij, van mijn liefde of van mijn affectie, van niets. Je bent een engeltje dat vrij moet vliegen, je moet mij nooit het enige doel in je leven laten zijn. Je zult een beeldschone vrouw zijn, dat ben je nu al.'

Mijn stem, gebroken van genot, vraagt wat de tweede voorwaarde is.

'Dat je nooit jezelf verloochent, omdat dat zowel jou als mij pijn doet. Ik hou van je en ik zal ook van je houden als onze wegen zich zullen scheiden.'

Zijn en mijn genot smelten samen en ik kan niet anders dan mijn Liefde omhelzen en hem nooit meer laten gaan, nooit.

Ik val opnieuw uitgeput in slaap op zijn bed, de nacht verstrijkt en de ochtend wekt me met een warme, stralende zon. Op het kussen vind ik een briefje:

> Dat je in het leven maar het hoogste, volste en perfecte geluk mag vinden, prachtig wezen. En dat ik daar deel van mag uitmaken, zolang jij dat wilt. Want... onthoud goed: ik zal je altijd willen, ook wanneer jij mij niet meer zult zien staan. Ik ben ontbijt voor je aan het halen, ben zo terug.

Met één oog open kijk ik naar de zon en bereiken de geluiden zacht mijn oor. De vissersboten beginnen aan te leggen na een nacht op zee te hebben doorgebracht. Een reis
naar het onbekende. Een traan biggelt over mijn gezicht.
Ik glimlach wanneer zijn hand mijn naakte rug zacht aanraakt en mijn nek kust. Ik kijk hem aan. Ik kijk hem aan en
begrijp het, nu weet ik het.

Er is een einde gekomen aan mijn reis door het bos. Ik
ben erin geslaagd uit de toren van de reus en uit de klau-
wen van de verleidelijke engel en zijn duivels te ontsnappen, ik ben weggevlucht van het tweeslachtige monster. Ik
ben aangekomen in het kasteel van de Arabische prins die,
zittend op een fluweelzacht kussen, op me heeft gewacht.
Hij heeft mijn versleten kleren uitgetrokken en me de kleren van een prinses aangedaan. Hij heeft zijn dienaressen
geroepen en hen mijn haren laten borstelen. Daarna heeft
hij me op het voorhoofd gekust en gezegd dat hij naar me
zou kijken terwijl ik sliep.

Op een nacht hebben we de liefde bedreven en toen ik
weer thuiskwam, zag ik dat mijn haren glansden en mijn
make-up nog netjes was. Een prinses, zoals mijn moeder
altijd zegt, zo mooi dat zelfs de dromen haar willen stelen.